中国新文学史研究书系

五十年来中国之文学

胡适 著

山西出版传媒集团
北岳文艺出版社·太原

图书在版编目（CIP）数据

五十年来中国之文学 / 胡适著 . — 太原 : 北岳文艺出版社，2022.8
（中国新文学史研究书系 / 陆东平主编）
ISBN 978-7-5378-6588-3

Ⅰ. ①五… Ⅱ. ①胡… Ⅲ. ①中国文学—现代文学史—文学史研究 Ⅳ. ① I209.6

中国版本图书馆 CIP 数据核字（2022）第 122286 号

五十年来中国之文学

著　者：胡　适
出 品 人：郭文礼
责任编辑：左树涛
书籍设计：张永文
印装监制：郭　勇

出版发行：山西出版传媒集团·北岳文艺出版社
地　址：山西省太原市并州南路 57 号　邮编：030012
电　话：0351-5628696（发行部）　0351-5628688（总编室）
传　真：0351-5628680
经销商：新华书店　印刷装订：山西人民印刷有限责任公司

开本：787mm×1092mm　1/32　字数：59 千字　印张：2.625
版次：2022 年 8 月第 1 版　印次：2022 年 8 月山西第 1 次印刷
书号：ISBN 978-7-5378-6588-3
定价：36.80 元

著作权所有·请勿擅用本书制作各类出版物·违者必究。

《中国新文学史研究书系》选编说明

在通常的中国现代文学史（或现代中国文学史）叙事中，白话文学自1918年鲁迅的《狂人日记》正式登上历史舞台，随之也进入文学史的书写视野，大概从1923年胡适在《五十年来中国之文学》最后一节略讲文学革命的历史和新文学的大概开始，朱自清从1929年开始在清华大学讲授"中国新文学研究"，并整理发表了《中国新文学研究纲要》，到陈子展在1930年出版的《最近三十年中国文学史》，直至1949年新中国成立前，虽然仅仅三十余年，但白话文学史的写作迅速进入成熟期，涌现出了大量既具个性又富有学术含量的"新文学史""新文学思潮史"，周作人、苏雪林以及比利时的文宝峰、法国的明兴礼等都做出了贡献。

白话文学进入1949年后，走上一条与前三十年颇迥异的道路，白话文学史的写作也因此发生重大变化，从1951年由王瑶的《中国新文学史稿》（上）、1952年蔡仪的《中国新文学史讲话》开始，包括张毕来、丁易、刘绶松、任访秋、孙中田以及吉林大学中文系中国现代文学史教材编写小组、中国人民大学语言文学系文史教研室现代文学组，甚至复旦大学中文系现代文学组等个人或群体，进行了极具时代特色的新文学史（现代文学史）、新文学思潮史写作。"文革"后，这种新文学史已不适应改革开放的国情，唐弢、严家炎等开始合作修正新文学史，直至1980年代中后期提出"重写文学史"的口号，之后各种"中国现代文学史""中国现代文学三十年""二十世纪中国文学史"如雨后春笋般涌现，一定程度上矫正了中国白话文学史的写作。但是，因为历史的惯性，也因为观念、思维和审美的异化和固化，甚至不乏个别文学史家的偷懒，现今发行较大的几种现代文学史，都不同程度地存在各种大小不等的问题。

为了更客观地展现和再现白话文学史的历史全貌，也为了弥补文学史界在"重写文学史"中资料不全的遗憾，特选编《中国新文学史研究书系》。

《中国新文学史研究书系》，作为一套规模比较大、比较珍稀的史料丛书，系迄今为止国内首次选编和出版，其中收录了：苏雪林在武汉大学写作并内部印刷的《新文学研究》(1934年)、陆永恒的《中国新文学概论》(克文印务局，1932年)、王哲甫的《中国新文学运动史》(杰成印书局，1933年)、王丰园的《中国新文学运动述评》(新新学社，1935年)、霍衣仙的《最近二十年中国文学史纲》(北新书局，1936年)、吴文祺的《新文学概要》(亚细亚书局，1936年)、李一鸣的《中国新文学史讲话》(世界书局，1943年)、任访秋的《中国现代文学史》(前锋报社，1944年)，以及外国学者撰写的新文学史著作：比利时的文宝峰的《新文学运动史》(*Histoire de La Litterature chinoise moderne*，1946年)。《新文学运动史》是中国新文学、新文化走出国门的一个标志，在文学史和文学传播史上也是占有重要一席。

其中尤为值得一说的是，北岳文艺出版社斥资对文宝峰的《新文学运动史》进行了翻译，译者为留法博士杨蕾。这是国内外首个译本，也是比较权威的译本。

《中国新文学史研究书系》没有求全，而是确立重要与珍稀兼顾的原则，选取"新文学史"。选本绝大多数采用的是首版版本，其中苏雪林的《新文学研究》来自厦门大学谢泳教授的收藏和推荐，在此表示感谢。其余各书，少数为编者本人所藏，多数系编者赴美时从美国各大学图书馆获得并扫描完成，真正实现了一次学术无国界的自由共享，其中的感念是每一个读者应该可以体验和想象到的。

《中国新文学史研究书系》选编的另一个特点是简体排版。为了方便研究者阅读，本套文学史书系全部改为简体排版，标点符号也采用新式标点，这在国内外也是首次。在编排中，除了极个别字句的明显错误予以修正之外，其他方面在不影响阅读的情况下，则尽量均遵照原版，有助于读者还原民国图书出版的历史现场感。

《中国新文学史研究书系》得以面世，得到过学界前辈丁帆、李新宇、谢泳、李怡等教授的指教和帮助，在此一并表示感谢。

《中国新文学史研究书系》为国内首次选编和简体排版，难免存在各种不足，敬请各位同仁批评指正。

陆东平

2018 年 3 月 18 日

五十年来中国之文学

一

这五十年在中国文学史上可以算是一个很重要的时期。综括起来,这五十年的重要有几点:

一、五十年前,《申报》出世的一年(1872),便是曾国藩死的一年,曾国藩是桐城派古文的中兴第一大将。但是他的中兴事业,虽然是很光荣灿烂的,可惜都没有稳固的基础,故都不能有长久的寿命。清朝的命运到了太平天国之乱,一切病状一切弱点都现出来了,曾国藩一班人居然能打平太平天国,平定各处匪乱,做到他们的中兴事业。但曾左的中兴事业,虽然延长了五六十年的满清国运,究竟救不了满清帝国的腐败,究竟救不了满清帝室的灭亡。他的文学上的中兴事业,也是如此。古文到了道光、咸丰的时代,空疏的方、姚派,怪僻的龚自珍派,都出来了,曾国藩一班人居然能使桐城派的古文忽然得一支生力军,忽然做到中兴的地位。但"桐城=湘乡派"的中兴,也是暂时的,也不能持久的。曾国藩的魄力与经验确然可算是桐城派古文的中兴大将。但曾国藩一死之后,古文的运命又渐渐衰微下去了。曾派的文人,郭嵩焘,薛福成,黎庶昌,俞樾,吴汝纶……都不能继续这个中兴事业。再下一代,更成了"强弩之末"了。这一度的古文中兴,只可算是痨病将死的人的"回光返照",仍旧救不了古文的衰亡。这一段古文末运史,是这五十年的一个很明显的趋势。

二、古文学的末期，受了时势的逼迫，也不能不翻个新花样了。这五十年的下半便是古文学逐渐变化的历史。这段古文学的变化史又可分作几个小段落：

（一）严复、林纾的翻译的文章。

（二）谭嗣同、梁启超一派的议论的文章。

（三）章炳麟的述学的文章。

（四）章士钊一派的政论的文章。

这四个运动，在这二十多年的文学史上，都该占一个重要的地位。他们的渊源和主张虽然很多不相同的地方，但我们从历史上看起来，这四派都是应用的古文。当这个危急的过渡时期，种种的需要使语言文字不能不朝着"应用"的方向变去。故这四派都可以叫作"古文范围以内的革新运动"。但他们都不肯从根本上做一番改革的功夫，都不知道古文只配做一种奢侈品，只配做一种装饰品，却不配做应用的工具。故章炳麟的古文，在四派之中自然是最古雅的了，只落得个及身而绝，没有传人。严复、林纾的翻译文章，在当日虽然勉强供应了一时的要求，究竟不能支持下去。周作人兄弟的《域外小说集》便是这一派的最高作品，但在适用一方面他们都大失败了。失败之后，他们便成了白话文学运动的健将。谭嗣同、梁启超一派的文章，应用的程度要算很高了，在社会上的影响也要算很大了，但这一派的末流，不免有浮浅的铺张，无谓的堆砌，往往惹人生厌。章士钊一派是从严复、章炳麟两派变化出来的，他们注重论理，注重文法，既能谨严，又颇能委婉，颇可以补救梁派的缺点。《甲寅》派的政论文在民国初年几乎成一个重要文派。但这一派的文字，既不容易做，又不能通俗，在实用的方面，仍旧不能不归于失败。因此，这一派的健将，如高一涵、李大钊、李剑农等，后来也都成了白话散文的作者。

这一段古文学勉强求应用的历史，乃是新旧文学过渡时代不能免的一个阶级。古文学幸亏有这一个时期，勉强支持了二三十年的运命。

三、在这五十年之中，势力最大，流行最广的文学，——说也奇怪，——并不是梁启超的文章，也不是林纾的小说，乃是许多白话的小说。《七侠五义》《儿女英雄传》都是这个时代的作品。《七侠五义》之后，有《小五义》等等续编，都是三十多年来的作品。这一类的小说很可代表北方的平民文学。到了前清晚年，南方的文人也做了许多小说。刘鹗的《老残游记》，李伯元的《官场现形记》《文明小史》，吴沃尧的《二十年目睹之怪现状》《恨海》《九命奇冤》，等等，都是有意的作品，意境与见解都和北方那些纯粹供人娱乐的民间作品大不相同。这些南北的白话小说，乃是这五十年中国文学的最高作品，最有文学价值的作品。这一段小说发达史，乃是中国"活文学"的一个自然趋势；他的重要远在前面两段古文史之上。

四、这五十年的白话小说史仍旧与一千年来的白话文学有同样的一个大缺点：白话的采用，仍旧是无意的、随便的，并不是有意的。民国六年以来的"文学革命"便是一种有意的主张。无意的演进，是很慢的，是不经济的。譬如乾隆以来的各处匪乱，多少总带着一点"排满"的意味，但多是无意识的冲动，不能叫作有主张的革命，故容易失败了。太平天国的革命，排满的色彩稍明显一点，但终究算不得是有意识有计划的排满运动，故不能得中上阶级的同情，终归于失败。近二十年来的革命运动，因为是有意识的主张，有计划的革命，故能于短时期之中，收最后的胜利。文字上的改革，也是如此。一千年来，白话的文学，一线相传，始终没有断绝。但无论是唐诗，是宋词，是元曲，是明清的小说，总不曾有一种有意的鼓吹，不曾明明白白地攻击古文学，不曾明明白白地主张白话的文学。

近五年的文学革命，便不同了。他们老老实实地宣告古文学是已死的文学，他们老老实实地宣言"死文字"不能产生"活文学"，他们老老实实地主张现在和将来的文学都非白话不可。这个有意的主张，便是文学革命的特点，便是五千来这个运动所以能成功的最大原因，

以上四项，便是这五十年中国文学的变迁大势。以下的几章便是详细说明这几个趋势。

二

曾国藩死后的"桐城＝湘乡派"，实在没有什么精彩动人的文章。王先谦辑的《续古文辞类纂》（光绪八年，1882，编成的）选有龙启瑞、鲁一同、吴敏树等人的文章，可以勉强代表这一派的老辈了。王先谦自序说：

> 惜抱（姚鼐）振兴绝学，海内靡然从风。其后诸子各诩师承，不无谬附。……梅氏（梅曾亮，1855死）浸淫于古，所造独为深远。
>
> 曾文正公（国藩）以雄直之气，宏通之识，发为文章，冠绝今古。……学者将欲杜歧趋，遵正轨，姚氏而外，取法梅曾，足矣。

"姚氏而外，取法梅曾，足矣"，这是曾国藩死后的古文家的传法捷径。我们不能多引他们的文章来占篇幅，现在引曾国藩的《欧阳生文集序》，因为这篇序写桐城文派的渊源传播，颇

有文学史料的价值：

乾隆之末，桐城姚姬传先生（鼐）善为古文辞，慕效其乡先辈方望溪侍郎之所为，而受法于刘君大櫆，及其世父编修君范。三子既通儒硕望，姚先生治其术益精。历城周永年书昌为之语曰："天下之文章其在桐城乎？"由是学者多归向桐城，号桐城派，犹前世所称江西诗派者也。

姚先生晚而主钟山书院讲席。门下著籍者，上元有管同异之，梅曾亮伯言，桐城有方东树植之，姚莹石甫。四人者称为高第弟子，各以所得传授徒友，往往不绝。在桐城者有戴钧衡存庄，事植之久，尤精力过绝人，自以为守其邑先正之法，禮之后进，义无所让也。

其不列弟子籍，同时服膺，有新城鲁仕骥絜非，宜兴吴德旋仲伦。絜非之甥为陈用光硕士，硕士既师其舅，又亲受业姚先生之门，乡人化之，多好文章。硕士之群从有陈学受蓺叔，陈溥广敷；而南丰又有吴嘉宾子序，皆承絜非之风，私淑于姚先生。由是江西建昌有桐城之学。仲伦与永福吕璜月沧交友，月沧之乡人有临桂朱琦伯韩，龙启瑞翰臣，马平王拯定甫，皆步趋吴氏、吕氏，而益求广其术于梅伯言。由是桐城宗派流衍于广西矣。

昔者国藩尝怪姚先生典试湖南，而吾乡出其门者未闻相从以学文为事。既而得巴陵吴敏树南屏称述其术，笃好而不厌。而武陵杨彝珍性农，善化孙鼎臣芝房，湘阴郭嵩焘伯琛，溆浦舒焘伯鲁，亦以姚氏文家正轨，违此则又何求？最后得湘潭欧阳生（勋）……受法于巴陵吴君，湘阴郭君，亦师事新城二陈。其渐染者多，其志趣嗜好，举天下之美，无以易乎桐城姚氏者也！

……自洪杨倡乱，东南荼毒；钟山石城，昔时姚先生撰杖都讲之所，今为犬羊窟宅，深固而不可拔。桐城沦为异域，既克而复失。戴钧衡全家殉难，身亦呕血死矣。

余来建昌，问新城南丰兵燹之余，百家荡尽，田荒不治，蓬蒿没人；一二文士转徙无所。而广西用兵九载，群盗犹汹汹，骤不可爬梳；龙君翰臣又物故。独吾乡少安，二三君子尚得优游文学，曲折以求合桐城之辙。而舒焘前卒，欧阳生亦以瘵死。老者牵于人事，或遭乱不得竟其学；少者或中道夭殂；四方多故，求如姚先生之聪明早达，太平寿考，从容以跻于古之作者，卒不可得。

这一篇不但写桐城派的传播，又可以使我们知道这一派的最高目的是"曲折以求合桐城之辙"。"举天下之美，无以易乎桐城姚氏者也！"

曾国藩在当日隐隐地自命为桐城派的中兴功臣，人家也如此推崇他（王先谦自序可参看。）他作《圣哲画像记》，共选圣哲三十二人，而姚鼐为三十二人之一，这可以想见他的心理了。他的幕府里收罗了无数人才；我们读薛福成的《叙曾文正公幕府宾僚》（《庸庵文编》四）一篇，可以知道当日的学者如钱泰吉、刘毓崧、刘寿曾、李善兰（算学家）、华蘅芳（算学家）、孙衣言、俞樾、莫友芝、戴望、成蓉镜、李元度；文人如吴敏树、张裕钊、陈学受、方宗诚、吴汝纶、黎庶昌、汪士铎、王闿运，——都在他的幕府之内。怪不得曾派的势力要影响中国几十年了。但这一班人在文学史上都没有什么重要的贡献。年寿最高，名誉最长久的，莫如俞樾、王闿运、吴汝纶三人。俞樾的诗与文都没有大价值。王闿运号称一代大师，但他的古文还比不上薛福成（诗另论）。吴汝纶思想稍新，他的影响也稍大,但他的贡献不在于他自己的文章,乃在他所造成的后进人才。严复、林纾都出于他的门下,他们的影响比他更大了。

平心而论,古文学之中,自然要算"古文"(自韩愈至曾国藩以下的古文)是最正当最有用的文体。骈文的弊病不消说了。那些瞧不起唐、宋八家以下的古文的人,妄想回到周、秦、汉、魏,越做越不通,越古越没有用,只替文学界添了一些似通非通的假古董。唐、宋八家的古文和桐城派的古文的长处只是他们甘心做通顺清淡的文章,不妄想做假古董。学桐城古文的人,大多数还可以做到一个"通"字;再进一步的,还可以做到应用的文字。故桐城派的中兴,虽然没有什么大贡献,却也没有什么大害处。他们有时自命为"卫道"的圣贤,如方东树的攻击汉学,如林纾的攻击新思潮,那就是中了"文以载道"的话的毒,未免不知分量。但桐城派的影响,使古文做通顺了,为后来二三十年勉强应用的预备,这一点功劳是不可埋没的。

三

太平天国之乱是明末流寇之乱以后的一个最惨的大劫,应该产生一点悲哀的或慷慨的好文学。当时贵州有一个大诗人郑珍(子尹,遵义人,生 1806,死 1864)在贵州受了局部的影响(咸丰四年,贵州的乱),已替他晚年的诗(《巢经巢诗钞》后集)增加无数悲哀的诗料。但郑珍死在五十八年前,已不在我这一篇小史的范围之内了。说也奇怪,东南各省受害最深,竟不曾有伟大深厚的文学产生出来。王闿运为一代诗人,生当这个时代,他的《湘绮楼诗集》卷一至卷六正当太平天国大乱的时代(1849—1864);我们从头读到尾,只看见无数《拟鲍明远》《拟傅玄麻》《拟王元长》《拟曹子建》……一类的假古董；偶然发现一两首"岁月犹多难，干戈罢远游"一类不痛不痒的诗；但竟寻不出一些真正可以纪念这个惨痛时代的诗。这是什么缘故呢？我想这都是因为这些诗人大都是只会做模仿诗的，他们住的世界还是的鲍明远、曹子建的世界，并不是洪秀全、杨秀清的世界；况且鲍明远、曹子建的诗体，若不经一番大解放，决不能用来描写洪秀全、杨秀清时代的惨劫。王闿运集中有1872年作的《独行谣》三十章（卷九），追写二十年的时事，内中颇有大胆的讥评，但文章多不通，叙述多不明白，只可算是三十篇笨拙的时事歌括，不能算作诗！我不得已，勉强选了他的《铜官行·寄章寿鳞·题感旧图》一篇代表这一位大名鼎鼎的诗人：

铜官行·寄章寿麟·题感旧图

（适按：此诗无注，多不可通。章字价人。曾氏靖港之败，赖章救他出来。后来曾氏成功受封，章独不得报酬，人多为他抱不平。章晚年作《感旧图》，并作记，记此事。参看郑孝胥《海藏楼》诗卷三，页三）

桂平盗起东南卷，唯有长沙能累卵。三年坐井仰恃天，城堞微风动稷。凶徒无赖往复来，潘张迁去骆受灾；闭门待死谥忠节，未死从容居宪台。曾家岭枷偏在颈，三家村儒怒生瘿。劝捐截饷百计生，欲倚江吴效驰骋。庐黄军败如覆铛，盗舟一夜满洞庭。抚标大将缒楼走，徐公绕室趾不停。省兵无人无守御，却付曾家一瓦注。空船坐守木关防，直置当锋寻死处。军谋兵机不暇讲，盗屯湘潭下靖港；两头张手探釜鱼，十日淘河得枯蚌。刘郭苍黄各顾家，左生狂笑骂猪耶。彭陈李生岂愿死？四围密密张罗置。此时缿筒求上计，陈谋李断相符契；彭公建策攻下游，捣坚禽王在肓肾。弱冠齐年我与君，君如李广欲无言。日中定计夜中变，我归君去难相闻。平明丁叟蹋门入，报败方知一军泣。督师只拟从湘累，主簿匆匆救杜袭。十营并发事全虚，从此舍舟山上居。七门昼闭春欲尽，独教陈李删遗疏。版桥漂破帅旗折，铜官渚畔烽明灭。岂料湘潭大捷来，千里盗屯汤沃雪！一胜申威百胜从，塔罗如虎彭杨龙。时人攀附三十载，争道当年赞画功！骆相成名徐陶死，曾弟重歌脊令起。惟余湘岸柳千条，犹恨当时呜咽水。信陵客散十年多（适按：此诗作于曾国藩死后约十年），旧逻频迎节镇过；时平始觉军功贱，官冗间从资格磨。凭君莫话艰难事，侥得侥失皆天意。渔浦萧萧废垒秋，游人且觅从事记。

这种诗还不能完全当得一个"通"字，但在《湘绮楼集》里那许多假古董之中，这种诗自然不能不算是上品了。

　　但是这个时代有一个诗人，确可以算是代表时代的诗人。这个诗人就是上元的金和，字亚匏，生于1818，死于1885，著有《秋蟪吟馆诗钞》七卷。当1853年南京城破时，金和被陷在城中，与长发军中人往来，渐渐地结合了许多人，要想作官兵的内应。那时向荣的大本营即在城外，金和偷出城来，把内应的计画告知官兵；向荣初不信，他就自请把身体押在大营，作为保证。城内的同党与官兵约定期日攻城，到期官兵不到；再约，官兵又不到。城内的同党被杀的很多。金和亲自经过围城中的生活，又痛恨当日官军的腐败无能，故他的纪事诗不但很感动人，还有历史的价值。他的《痛定篇》（卷二，页十二—二十）用日记体作诗，写破城及城中事，我们举他一首作例：

二月二十三，传闻大兵至，贼魁似皇皇，终日警三四。南民私相庆，始有再生意。桓桓向将军，仰若天神贵。一闻贼吹角，即候将军骑，香欲将军迎，酒欲将军馈。食念将军食，睡说将军睡。……七岁儿何知，门外偶嬉戏，公然对路人，说出将军字。阿姊面死灰，挞之大怒詈。从此望将军，十日九憔悴。更有健者徒，夜半誓忠义，愿遥应将军，画策万全利。分隶贼麾下，使贼不猜忌。寻常行坐处，短刃缚在臂。但期兵入城，各各猝举燧。得见将军面，命即将军赐。谁料将军忙，未及理此事？

他的《六月初二日纪事一百韵》，前面写向荣刻日出兵，写先期大飨士卒，将军行酒誓师，写明日之晨准备出战，共九十几句，到篇末只说：

一时惊喜遁旌倪，譬积阴雨看红霓，……夜不敢寐朝阳跻，……日中才听怒马嘶，但见泛泛如凫鹥，兵不血刃身不泥，全军而退归来兮！

这已是骂的很刻毒了。但下面的一首《初五日纪事》更妙，我们可以把他全抄在这里：

前日之战未见贼，将军欲赦赦不得。或语将军难尽诛，姑使再战当何如？昨日黄昏忽传令，谓"不汝诛贷汝命。今夜攻下东北城，城不可下无从生"。三军拜谢呼刀去，又到前回酣睡处。空中乌乌狂风来，沉沉云阴轰轰雷。将谓士曰雨且至,士谓将曰此可避。回鞭十里夜复晴,急见将军天未明。将军已知夜色晦,"此非汝罪汝其退"。我闻在楚因天寒,龟手而战难乎难。近来烈日恶作夏,故兵之出必以夜。此后又非进兵时,月明如昼贼易知。乃于片刻星云变,可以一战亦不战。吁嗟乎,将军作计必万全,非不天贼皆由天。安得青天不寒亦不暑,日月不出不风雨!

这种嘲讽的诙谐,乃是金和的特别长处。他是全椒吴家的外孙,与《儒林外史》的著者和《儒林外史》的几个重要人物都有点关系,他是表章《儒林外史》的一个人,故他的诗也很像是得力于《儒林外史》的嘲讽的本领。有心人的嘲讽,不是笑骂,乃是痛哭;不是轻薄,乃是恨极无可如何,不得已而为之。他的《十六日至秣陵关遇赴东坝兵有感》一篇云:

初七日来午,我发钟山下。蜀兵千余人,向北驰怒马。传闻东坝急,兵力守恐寡。来乞将军援,故以一队假。我遂从此辞,仆仆走四野。三宿湖熟桥,两宿龙溪社,四宿方山来,尘汗搔满把。僧舍偶乘凉,有声叱震瓦。微睨似相识,长身面甚赭。稍前劝勿瞋,幸不老拳惹。婉词问何之,乃赴东坝者。九日行至此,将五十里也!

这种技术确能于杜甫、白居易的"问题诗"之外,别开一个生面。他有《军前新乐府》四篇,我们选他的第四篇,篇名《半边眉》:

半边眉,汝何来?太守门下请钱回。太守门,何处所?钟山之旁近大府。大府初闻难民苦,公家遍括闲田租,旁郡金橜上户输。一心要贷难民命,聘贤太守专其政。太守计曰"费恐滥,百二十钱一人赡"。太守计曰"难民多,一人数请当奈何?我闻古有察眉律"。呼仆持刀对人工,一刀留下半边眉,再来除是眉长时。——防蠹术果奇,作蠹术斯巧。岂但无眉人不来,有眉人亦来都少。惟有一二市井奸,赂太守仆二十钱,奏刀不猛眉犹全,半边眉可三刀焉。否则病夫真饿杀,痴心尚恋一朝活,拚与半边眉尽割。吁嗟乎,……太守何不计之毒?千钱刲入耳与目,万钱截人手与足,终古无人请钱至,太守岂非大快事?

此外尚有许多可选的诗,我们不能多举例了。金和的诗很带有革新的精神,他自己题他的《椒雨集》云:

是卷半同日记,不足言诗。如以诗论之,则军中诸作,语宗痛快,已失古人敦厚之风,尤非近贤排调之旨。其在今日诸公有是韬铃,斯吾辈有此翰墨,尘秽略相等,殆亦气数使然耶?

他又有诗(卷七,页八)云:

所作虽不纯乎纯,要之语语皆天真。时人不能为,乃谓非古人。

这虽是吊朋友的诗,也很代表他自己的主张。他在别处又说

(卷一，页三）：

  尽数写六书，只此数万字。中所不熟习，十复间三四。循环堆垛之，文章毕能事。苟可联贯者，古人肯唾弃，而以遗后人，使得逞妍秘？操觚及今日，谈亦何容易？乃有真壮夫，于此独攘臂；万卷读破后，一一勘同异；更从古人前，混沌辟新意；甘使心血枯，百战不退避。一家言既成，试质琅嬛地，必有天上语，古人所未至。……彼抱窃疾者，出声令人睡。何不指《六经》，而曰公家器！

正因为他深恨那些"抱窃疾者"，正因为他要"更从古人前，混沌辟新意"，故他能在这五十年的诗界里占一个很高的地位。

  这五十年的词，都中了梦窗（吴文英）派的毒，很少有价值的，故我们不讨论了。

四

  自从1840年鸦片之战以来，中间经过1860年英法联军破天津入北京火烧圆明园的战事，中兴的战争又很得了西洋人的帮助，中国明白事理的人渐渐承认西洋各国的重要。1861年，清廷设总理各国事务衙门；1862年，设同文馆。后来又有派学生留学外国的政策。当时的顽固社会还极力反对这种政策，故同文馆收不到好学生，派出洋的更不得人。但十九世纪的末年，翻译的事业惭渐发达。传教士之中，如李提摩太等，得着中国文士的帮助，译了不少的书。太平天国的文人王韬，在这种事业上，要算一个重要的先锋了。

但当时的译书事业的范围并不甚广。第一类是宗教的书，最重要的是《新旧约全书》的各种译本。第二类为科学和应用科学的书，当时称为"格致"的书。第三类为历史政治法制的书，如《泰西新史揽要》《万国公法》等书。这是很自然的。宗教书是传教士自动的事业。格致书是当日认为枪炮兵船的基础的。历史法制的书是要使中国人士了解西洋国情的。此外的书籍，如文学的书，如哲学的书，在当时还没有人注意，这也是很自然的。当日的中国学者总想西洋的枪炮固然厉害，但文艺哲理自然远不如我们这五千年的文明古国了。

严复与林纾的大功劳在于补救这两个大缺陷。严复是介绍西洋近世思想的第一人，林纾是介绍西洋近世文学的第一人。

严复译赫胥黎的《天演论》在光绪丙申（1896），在中日战争之后，戊戌变法之前。他自序说：

> 风气渐通，士知弇陋为耻；西学之事，问涂日多。然亦有一二巨子訑然谓彼之所精不外象数形下之末，彼之所务不越功利之间；逞臆为谈，不咨其实。讨论国闻，审敌自镜之道，又断断乎不如是也。

这是他的卓识。自从《天演论》出版以后，中国学者方才渐渐知道西洋除了枪炮兵船之外，还有精到的哲学思想可以供我们采用。但这是思想史上的事，我们可以不谈。

我们在这里应该讨论的是严复译书的文体。《天演论》有"例言"几条，中有云：

> 译事三难：信，达，雅。求其信已大难矣。顾信矣，

> 不达，虽译犹不译也。则达尚焉。……今是书所言本五十年西人新得之学，又为作者晚出之书，译文取明深义，故词句之间时有所颠倒附益，不斤斤于字比句次，而意义则不倍本文。题曰达旨，不云笔译；取便发挥，实非正法。……凡此经营，皆以为达；为达即所以为信也。……信达而外，求其尔雅。此不仅期以行远已耳，实则精理微言，用汉以前字法句法则为达易，用近世利俗文字则求达难，往往抑义就词，毫厘千里。审择于斯二者之间，夫固有所不得已也。

这些话都是当日的实情。当时自然不便用白话；若用白话，便没有人读了。八股式的文章更不适用。所以严复译书的文体，是当日不得已的办法。我们看吴汝纶的《〈天演论〉序》，更可以明白这种情形：

> 今西书虽多新学，顾吾之士以其时文公牍说部之词译而传之，有识者方鄙夷而不知顾，民智之瀹何由？此无他，文不足焉故也。文如几道，可与言译书矣。……今赫胥黎之道，……严子一文之，而其书乃骎骎与晚周诸子相上下。然则文顾不重耶？

严复用古文译书，正如前清官僚戴着红顶子演说，很能抬高译书的身价，故能使当日的古文大家认为"骎骎与晚周诸子相上下"。

严复自己说他的译书方法道："什法师有云，'学我者病'。来者方多，幸勿以是书为口实也。"（《天演论·例言》）这话也不错。严复的英文与古中文的程度都很高，他又很用心，不肯苟且，故虽用一种死文字，还能勉强做到一个"达"字。他对于译书的用心与郑重，真可佩服，真可做我们的模范。他曾举"导言"一个名词作例，他先译"卮言"，夏曾佑改为"悬谈"，吴汝纶又不赞成；最后他自己又改为"导言"。他说："一名之立，旬月踟蹰；我罪我知，是存明哲。"严译的书，所以能成功，大部分是靠着这"一名之立，旬月踟蹰"的精神。有了这种精神，无论用古文白话，都可以成功。后人既无他的功力，又无他的精神；用半通不通的古文，译他一知半解的西书，自然要失败了。

严复译的书，有几种——《天演论》《群己权界论》《群学肄言》——在原文本有文学的价值，他的译本在古文学史也应该占一个很高的地位。我们且引一节做例：

> 望舒东睇，一碧无烟。独立湖塘，延赏水月；见自彼月之下，至于目前，一道光芒，滉漾闪烁。谛而察之，皆细浪沦漪，受月光映发而为此也。徘徊数武，是光景者乃若随人。颇有明理士夫，谓此光景为实有物，故能相随，且亦有时以此自诩；不悟是光景者从人而有；使无见者，则亦无光，更无光景与人相逐。盖全湖水面受月映发，一切平等；特入目与水对待不同，明暗遂别，——不得以所未见，遂指为无——是故虽所见者为一道光芒，他所不尔，又人目易位，前之暗者，乃今更明，然此种种，无非妄见。以言其实，则由人目与月作二线入水，成角等者，皆当见光；其不等者，则全成暗（成角等与不等，稍有可议，原文亦不如此说）。惟人之察群事也，亦然：往往以见所及者为有，以所不及者为无。执见否以定有无，则其思之所不赅者众矣。（《群学肄言》三版页七二——七三。

原书页八三）

　　这种文字，以文章论，自然是古文的好作品；以内容论，又远胜那无数"言之无物"的古文：怪不得严译的书风行二十年了。

　　林纾译小仲马的《茶花女》，用古文叙事写情，也可以算是一种尝试。自有古文以来，从不曾有这样长篇的叙事写情的文章。《茶花女》的成绩，遂替古文开辟一个新殖民地。林纾早年译的小说，如《茶花女》《黑奴吁天录》《滑铁卢及利俾瑟战血余腥记》……恰不在手头，不能引来作例。我且随便引几个例。《拊掌录》（页一九以下）写村中先生有一个学唱歌的女学生，名凯脱里纳，为村大户之孤女：

　　　　其肥如竹鸡，双颊之红鲜如其父囷中之桃实，貌既丰腴，产尤饶沃。……先生每对女郎辄心醉，今见绝色丽姝，安能不加颠倒？且经行其家，目其巨产矣。女郎之父曰包而忒司，……屋居黑逞河次，依山傍树而构，青绿照眼。屋顶出大树，阴满其堂室，阳光所不能烁，树根有山泉潏然仰出，尽日弗穷。老农引水赴沟渠中，渠广而柳树四合，竟似伏流，汩汩出树而逝。去室咫尺，即其仓庾，粮积拥肿，几欲溃窗而出。老农所积如是，而打稻之声尚不断于耳。屋檐群燕飞鸣；尚有白鸽无数，——有侧目视空者，亦有纳首于翼，企单足而立者，或上下其颈呼雌者，——咸仰阳集于屋顶。而肥腯之猪，伸足笠中，作喘声，似自鸣其足食；而笠中忽逐队出小豯，仰鼻于天，承取空气。池中白鹅，横亘如水师大队之战舰排樯而进，而群鸭游弋，则猎舰也。火鸡亦作联队，杂他鸡鸣于稻畦中，如饶舌之村妪长日詈人者。仓庾之前，数雄鸡高冠长纬，鼓翼而前，颈羽皆竖，以斗其侣；有时以爪爬沙得小虫，则抗声引其所据有之母鸡啄食，己则侧目旁视；他雄稍前，则立拒之。先生触目见其丰饶，涎出诸吻。见猪奔窜，则先生目中已现一炙髀；闻稻香，则心中亦畜一布丁；见鸽子，则思切而苞为蒸饼之馅；见乳鸭与鹅游流水中，先生馋吻则思荡之以沸油。又观田中大小二麦及珍珠米，园中已熟之果，红实垂垂，尤极动人。先生观状，益延盼于女郎，以为得女郎者，则万物俱奁中有矣。

《滑稽外史》第四十一章写尼古拉司在白老地家中和白老地夫妇畅谈时，司圭尔先生和他的女儿番尼，儿子瓦克福，忽然闯进来。白老地的妻子与番尼口角不休：

> 方二女争时，小瓦克福见案上陈食物无数，馋不可忍，徐徐近案前，引指染盘上腥腻，入指口中，力吮之；更折面包之角，窃蘸牛油嚼之；复取小方糖纳之囊中，则引首仰屋，如有所思，而手已就糖盂累取可数方矣。及见无人顾视，则胆力立壮，引刀切肉食之。
>
> 此状司圭尔先生均历历见之，然见他人无觉，则亦伪为未见，窃以其子能自图食，亦复佳事。此时番尼语止，司圭尔知其子所为将为人见，则伪为大怒状，力抵其颊，曰："汝乃甘食仇人之食！彼将投毒鸩尔矣。尔私产之儿，何无耻耶！"约翰（白老地）曰："无伤，恣彼食之。但愿先生高徒能合众食我之食令饱，我即罄囊，亦非所惜。"（页百十一）

能读原书的自然总觉得这种译法不很满意。但平心而论，林译的小说往往有他自己的风味；他对于原书的诙谐风趣，往往有一种深刻的领会，故他对于这种地方，往往更用气力，更见精彩。他的大缺陷在于不能读原文；但他究竟是一个有点文学天才的人，故他若有了好助手，他了解原书的文学趣味往往比现在许多能粗读原文的人高的多。现在有许多人对于原书，既不能完全了解；他们运用白话的能力又远不如林纾运用古文的能力，他们也要批评林译的书，那就未免太冤枉他了。

平心而论，林纾用古文做翻译小说的试验，总算是很有成绩的了。古文不曾做过长篇的小说，林纾居然用古文译了一百多种长篇小说，还使许多学他的人也用古文译了许多长篇小说，古文里很少滑稽的风味，林纾居然用古文译了欧文与迭更司的作品。古文不长于写情，林纾居然用古文译了《茶花女》与《迦茵小传》等书。古文的应用，自司马迁以来，从没有这种大的成绩。

但这种成绩终归于失败！这实在不是林纾一般人的错处，乃是古文本身的毛病。古文是可以译小说的，我是用古文译过小说的人，故敢说这话。但古文究竟是已死的文字，无论你怎样做得好，究竟只够供少数人的赏玩，不能行远，不能普及。我且举一个最明显的例。十几年前，周作人同他的哥哥也曾用古文来译小说。他们的古文功夫既是很高的，又都能直接了解西文，故他们译的《域外小说集》比林译的小说确是高得多。我且引《安乐王子》的一部分作例：

一夜，有小燕翻飞入城。四十日前，其伴已往埃及，彼爱一苇，独留不去。一日春时，方逐黄色巨蛾，飞经水次，与苇邂逅，爱其纤腰，止与问讯，便曰，"吾爱君可乎？"苇无语，惟一折腰。燕随绕苇而飞，以翼击水，涟起作银色,以相温存,尽此长夏。

他燕喞唶相语曰:"是良可笑,女绝无资,且亲属众也。"燕言殊当,川中固皆苇也。

未几秋至,众各飞去。燕失伴,渐觉孤寂,且倦于爱,曰:"女不能言,且吾惧彼佻巧,恒与风酬对也。"是诚然,每当风起,苇辄宛转顶礼。燕又曰:"女或宜家,第吾喜行旅,则吾妻亦必喜此,乃可耳。"遂问之曰:"若能偕吾行乎?"苇摇首,殊爱其故园也。燕曰:"若负我矣。今吾行趣埃及古塔,别矣!"遂飞而去。

这种文字,以译书论,以文章论,都可算是好作品。但周氏兄弟辛辛苦苦译的这部书,十年之中,只销了二十一册!这一件故事应该使我们觉悟了。用古文译小说,固然也可以做到"信,达,雅"三个字,——如周氏兄弟的小说,——但所得终不偿所失,究竟免不了最后的失败。

五

中日之战以后,明白时势的人都知道中国有改革的必要。这种觉悟产生了一种文学,可叫作"时务的文章"。那时代先后出的几种"危言"——如邵作舟的,如汤寿潜的,——文章与内容都很可以代表这个时代的趋势。到1897年,德国强占了胶州,人心更激昂了;那时清光绪帝也被时局感动了,于是有"戊戌变法"(1898)的运动。这个变法运动在当日的势力颇大,中央政府和各省都有赞助的人。但顽固的反动力终久战胜了,于是有戊戌的"政变"。变法党的领袖是康有为、谭嗣同、梁启超等。谭嗣同与同志五人死于政变，但他的著述，在他死后仍旧发生不少的影响。康有为是"今文家"的一个重要代表，他的《新学伪经考》与《孔子改制考》等书，在这五十年的思想史上，自有他们的相当位置。他的文章虽不如他的诗，但当他"公车上书"以至他亡命海外的时代，他的文章也颇有一点势力，不过他的势力远不如梁启超的势力的远大了。梁启超当他办《时务报》的时代已是一个很有力的政论家；后来他办《新民丛报》，影响更大。二十年来的读书人差不多没有不受他的文章的影响的。

严复、林纾是桐城的嫡派，谭嗣同、康有为、梁启超都是桐城的变种。谭嗣同的《三十自纪》（《文集》中）说：

> 嗣同少颇为桐城所震，刻意规之数年，久自以为似矣；出示人，亦以为似。诵书偶多，广识当世淹通姱壹之士，稍稍自惭，即又无以自达。或授以魏晋间文，乃大喜，时时籀绎，益笃嗜之。由是上溯秦汉，下循六朝，始悟心好沉博绝丽之文，子云所以独辽辽焉。旧所为，遗弃殆尽。……昔侯方域少喜骈文，壮而悔之，以名其堂。嗣同亦既壮，所悔乃在此不在彼。……所谓骈文，非四六排偶之谓，体例气息之谓也，则存乎深观者。

梁启超自述也说：

> 启超夙不喜桐城派古文；幼年为文，学晚汉魏晋，颇尚矜炼。至是（指办《新民丛报》时）自解放，务为平易畅达，时杂以俚语、韵语，及外国语法；纵笔所至不检束。学者竞效之，号新文体。老辈则痛恨，诋为野狐，然

其文条理明晰，笔锋常带情感，对于读者，别有一种魔力焉。（《清代学术概论》，页一四二）

这是梁氏四十八岁的自述，没有他三十自述说的详细：

> 八岁学为文，九岁能缀千言。十二岁应试学院，补博士弟子员。日治帖括，虽心不慊之，然不知天地间于帖括外更有所谓学也，辄埋头研钻。顾颇喜词章，王父父母时授以唐人诗，嗜之过于八股。家贫无书可读，惟有《史记》一，《纲鉴易知录》一，王父父日以课之；故至今《史记》之文能成诵者八九。父执有爱其慧者，赠以《汉书》一，姚氏《古文辞类纂》一，则大喜，读之卒业焉……十三岁始知有段王训诂之学，大好之，渐有弃帖括之志。十五岁，……肄业于学海堂，……乃决舍帖括以从事于训诂词章。

此一段可补前一段"夙不喜桐城派古文"的话。谭嗣同与梁启超都经过一个桐城时代，但他们后来都不满意于桐城的古文。他们又都曾经过一个复古的时代，都曾回到秦汉、六朝；但他们从秦汉、六朝得来的，虽不是四六排偶的形式，却是骈文的"体例气息"。所谓体例，即是谭嗣同说的"沉博绝丽之文"；所谓气息，即是梁启超说的"笔锋常带情感"。

谭嗣同的《仁学》，在思想方面固然可算是一种大胆的作品，在文学方面也有代表时代的价值。我们引一节作例：

> 不生不灭有征乎？曰，弥望皆是也。如向所言化学诸理，穷其学之所至，不过析数原质而使之分，与并数原质

而使之合；用其已然而固然者，时其好恶，剂其盈虚，而以号曰某物某物，如是而已。岂能竟消磨一原质与别创造一原质哉？……本为不生不灭，乌从生之灭之？譬如水加热则渐涸，非水灭也，化为轻气养气也。使收其轻气养气，重与原水等。且热去而仍化为水，无少减也。譬如烛久熬则尽跋，非烛灭也，化为气质流质定质也。使收其所舍之炭气，所然之蜡泪，所余之蜡煤，重与原烛等。且诸质散而滋育他物，无少弃也。譬如陶埴，失手而碎之；其为器也毁矣。然陶埴，土所为也。方其为陶埴也，在陶埴曰成，在土则毁；及其碎也，还归乎土，在陶埴曰毁，在土又以成。但有回环，都无成毁。譬如饼饵，入胃而化之，其为食也亡矣。然饼饵，谷所为也。方其为饼饵也，在饼饵曰存，在谷曰亡；及其化也，选粪乎谷，在饼饵曰亡，在谷又以存。但有变易，复何存亡？……（删去一排两个譬喻）……譬于陵谷沧桑之变易：地球之生不知经几千万变矣；洲渚之壅淤，知崖岸之将有倾颓；草木金石之质日出于地，知空穴之将就沦陷；赤道以旋速而隆起，即南北极之所翕敛也；火期之炎，冰期之冱，即一气之舒卷也。故地球体积之重率必无轩轾于昔时；有之，则畸重而去日远，畸轻而去日近，其轨道且岁不同矣。譬如流星陨石之变：恒星有古无而今有，有古有而今无；彗孛有循椭圆线而往可复返，有循抛物线而一往不返。往返者，远近也，非生灭也；有无者，聚散也，非生灭也。木星本统四月，近忽多一月，知近度之所吸取。火、木之间，依比例当更有一星，今惟小行星武女等百余，知女星之所剖裂，即此。地球亦终有陨散之时，然地球之所陨散，他星又将用其质点以成新星矣。王船山之说《易》，谓一卦有十二爻,半隐半见;故大易不言有无,隐见而已。孔子之论礼,谓殷因于夏;周因于殷;故礼有不得,与民变革损益而已。凡此诸体,虽一一佛有阿僧祇身,一一身有阿僧祇口,说亦不能尽。(《仁学上》,页一三)

这一节不但材料可以代表当时的科学知识,他的体例也可以代表当时与二十年来的"新文体"。谭嗣同自己说的骈文的体例与气息,在这里也可以看得出来。但我们拿文学史的眼光来观察,不能不承认这种文体虽说是得力于骈文,其实也得力于八股文。古代的骈文没有这样奔放的体例,只有八股文里的好"长比"有这种气息(上例中,水与烛一比及陶埴与饼饵一比,最可玩味)。故严格说来,这一种文体很可以说是八股文经过一种大解放,变化出来的。

说这种文体是受了八股文的影响的,这句话也许有人不愿意听。其实这句话不全是贬辞。清代的大文家章学诚作古文往往不避骈偶的长排;他曾说:

嗟夫,知文亦岂易易?通人如段若膺,见余《通义》有精深者,亦与叹绝;而文句有长排作比偶者,则曰"惜杂时文句调"!夫文求其是耳,岂有古与时哉?即曰时文体多排比,排比又岂作时文者所创为哉?使彼得见韩非《储说》,淮南《说山》《说林》,傅毅《连珠》诸篇,则又当为秦汉人惜有时文之句调矣。论文岂可如是?此由彼心目中有一执而不化之古文,怪人不似之耳。(《与史余村简》)

此说最有理。文中杂用骈偶的句子,未必即是毛病。当日人人做八股，受了一种影响，也是很自然的事。其实这一派的长处就在他们能够打破那"执而不化"的狭义古文观，就在他们能够运用古文时文儒书佛书的句调来做文章。这个趋势，到了梁启超，更完备了。

梁启超最能运用各种字句语调来做应用的文章。他不避排偶，不避长比，不避佛书的名词，不避诗词的典故，不避日本输入的新名词。因此，他的文章最不合"古文义法"，但他的应用的魔力也最大。

梁启超的文章很多，举例也很难。我且举他的《新民说》第十一篇《论进步》的一节：

> 然则救危亡求进步之道将奈何？曰，必取数千年横暴混浊之政体，破碎而齑粉之，使数千万如虎如狼如蝗如蝻如蜮如蛆之官吏失其社鼠城狐之凭藉，然后能涤肠荡胃以上于进步之途也！必取数千年腐败柔媚之学说，廓清而辞辟之，使数百万如蠹鱼如鹦鹉如水母如畜犬之学子毋得摇笔弄舌舞文嚼字为民贼之后援，然后能一新耳目以行进步之实也！而其所以达此目的之方法有二：一曰无血之破坏，二曰有血之破坏。无血之破坏者，如日本之类是也。有血之破坏者，如法国之类是也。中国如能为无血之破坏乎？吾馨香而祝之！中国如不得不为有血之破坏乎？吾衰经而哀之！虽然，哀则哀矣，然欲使吾于此二者之外，而别求一可以救国之途，吾苦无以对也。呜呼，吾中国而果能行第一义也，则今日其行之矣。而竟不能！则吾所谓第二义者，遂终不可免。呜呼，吾又安忍言哉？呜呼，吾又安忍言哉。

我再举一个例:

> 罗兰夫人何人也?彼生于自由,死于自由,罗兰夫人何人也?自由由彼而生,彼由自由而死。罗兰夫人何人也?彼拿破仑之母也,彼梅特涅之母也,彼玛志尼、噶苏士、俾士麦、加富尔之母也。质而言之,则十九世纪欧洲大陆一切之人物,不可不母罗兰夫人;十九世纪欧洲大陆一切之文明,不可不母罗兰夫人。何以故?法国大革命为欧洲十九世纪之母故。罗兰夫人为法国大革命之母故。

这两个例很可以表示梁启超自己说的"笔锋常带情感"的文体。前一例可以表示这种文字的好的方面;后一例可以表示这种文字的坏的方面。更恶劣的如:

> 虽然,天不许罗兰夫人享家庭之幸福以终天年也!法兰西历史世界历史必要求罗兰夫人之名以增其光焰也!于是风渐起,云渐乱,电渐迸,水渐涌,嘻嘻出出,法国革命!嗟嗟咄咄,法国遂不免于大革命!

但这种文字在当日确有很大的魔力。这种魔力的原因约有几种:

(1) 文体的解放,打破一切"义法""家法",打破一切"古文""时文""散文""骈义"的界限; (2) 条理的分明,梁启超的长篇文章都长于条理,最容易看下去; (3) 辞句的浅显,既容易懂得,又容易模仿; (4) 富于刺激性,"笔锋常带情感"。

梁启超中年的文章,《国风报》《庸言报》时代的文章,把早年文章的毛病渐渐的减少了；渐渐的回到清淡明显的文章。但学他的文章的人，往往学了他的堆砌，他的排比。在记叙的文章内，这种恶劣之处更容易呈显出来。前七八年流行一时的《玉梨魂》一类的小说，便是这种文体用来叙事的结果了。

六

康、梁的一班朋友之中，也很有许多人抱着改革文学的志愿。他们在散文方面的成绩只是把古文变浅近了，把应用的范围也更推广了。在韵文的方面，他们也曾有"诗界革命"的志愿。梁启超《饮冰室诗话》说：

> 当时所谓"新诗"者，颇喜捃撦新名词以自表异。丙申丁酉间（1896—1897）吾党数子皆好作此体。提倡之者为夏穗卿（曾佑）。而复生（谭嗣同）亦篤嗜之。……其《金陵听说法》云："纲伦惨以喀私德（Caste），法会盛于巴力门（Parliament）。"……穗卿赠余诗云："帝杀黑龙才士隐，书飞赤鸟太平迟"。又云："有人雄起琉璃海，兽魄蛙魂龙所徒。"……当时吾辈方沉醉于宗教，……故《新约》字面络绎笔端焉。

这种革命的失败，自不消说。但当时他们的朋友之中确有几个人在诗界上放一点新光彩。黄遵宪与康有为两个人的成绩最大。但这两人之中，黄遵宪是一个有意作新诗的，故我们单举他来代表这一个时期。

黄遵宪字公度，嘉应州人，生于1848，死于1905，著有

《人境庐诗草》十一卷。他做过三十年的外交官，到过日本、英国、美国、南洋等处。他曾著《日本国志》《日本杂事诗》。当戊戌的变法，他也是这运动中的一个人物。他对于诗界革命的动机，似乎起的很早。

> 大块凿混沌，浑浑旋大圜。隶首不能算，知有几万年？羲轩造书契，今始岁五千。以我视后人，若居三代先。俗儒好尊古，日日故纸研；六经字所无，不敢入诗篇。古人弃糟粕，见之口流涎，沿习甘剽盗，妄造丛罪愆。黄土同抟人，今古何愚贤？即今忽已古，断自何代前？明窗敞流离，高炉爇香烟；左陈端溪砚，右列薛涛笺；我手写我口，古岂能拘牵？即今流俗语，我若登简编。五千年后人，惊为古斓斑。

这种话很可以算是诗界革命的一种宣言。末六句竟是主张用俗话作诗了。他那个时代作的诗，还有《山歌》九首，全是白话的。内中如：

> 买梨莫买蜂咬梨，心中有病没人知。因为分梨更亲切，谁知亲切转伤离？
> 催人出门鸡乱啼，送人离别水东西。挽水西流想无法，从今不养五更鸡。
> 一家女儿做新娘，十家女儿看镜光。街头铜鼓声声打，打着中心只说"郎"。

都是民歌的上品。他自序云：

> 土俗好为歌,男女赠答,颇有《子夜读曲》遗意。采其能笔于书者,得数首。

我常想黄遵宪当那么早的时代何以能有那种大胆的"我手写我口"的主张?我读了他的《山歌》的自序,又读了他五十岁时的《己亥杂诗》中叙述嘉应州民族生俗的诗和诗注,我便推想他少年时代必定受了他本乡的平民文学的影响。《己亥杂诗》中有一首云:

> 一声声道妹相思,夜月哀猿和竹枝。欢是团圆悲是别,总应肠断妃呼豨。

他自注云:

> 土人旧有山歌,多男女相思之辞,当系獠蛋遗俗。今松口松源各乡尚相沿不改。每一辞毕,辄间以无辞之声,正如妃呼豨,甚哀厉而长。

他对于这种民间文学的兴趣,可以使我们推想他受他们的影响定必不少。故他在日本时,看见西京民间风俗"七月十五夜至晦日,每夜亘索街上,悬灯数百,儿女艳妆靓服为队,舞蹈达旦,名曰都踊,所唱皆男女猥亵之词,有歌以为之节者,谓之音头",他就能赏识这种平民文学,说"其风俗犹之唐人《合生歌》,其音节则汉人《董逃行》也"。他因此作成一篇《都踊歌》:

长袖飘飘兮，鬓峨峨，荷荷；
裙紧束兮，带斜拖，荷荷；
分行逐队兮，舞傞傞，荷荷；
往复还兮，如掷梭，荷荷；
回黄转绿兮，按莎，荷荷；
中有人兮，通微波，苛荷；
贻我钗鸾兮，馈我翠螺，荷荷；
呼我娃娃兮，我哥哥，荷荷。
柳梢月兮，镜新磨，荷荷，
鸡眠猫睡兮，犬不呵，荷荷，
来不来兮，欢奈何，荷荷，
一绳隔兮，阻银河，荷荷，
 双灯照兮，晕红涡，荷荷。
千人万人兮，妾心无他，荷荷；
君不知兮，弃则那，荷荷！
今日夫妇兮，他日公婆，荷荷。
百千万亿化身菩萨兮，受此花，荷荷！
三千三百三十二座大神兮，听我歌，荷荷！
天长地久兮，无差讹，荷荷！
（原刻此诗不分行。分行更好。）

这固是为西京的风俗作的，但他对于这种民间白话文学的赏识力，大概还是他本乡的山歌的影响。《都踊歌》每一句的尾声"荷荷"，正和嘉应州山歌"每一辞毕，辄间以无辞之声，甚哀厉而长"，是相像的。我们可以说，他早年受了本乡山歌的感化力，故能赏识民间白话文学的好处。因为他能赏识民间的白话文学，故他能说"即今流俗语，我若登简编。五千年后人，惊为古斓斑"!

他自己曾说（此据他的兄弟遵楷跋中引语）：

> 各人有面目，正不必与古人相同。吾欲以古文家抑扬变化之法作古诗，取《骚》《选》乐府歌行之神理入近体诗。其取材以群经三史诸子百家及许郑诸注为词赋家不常用者；其述事以官书会典方言俗谚及古人未有之物未辟之境，举吾耳目所亲历者，皆笔而书之。要不失为以我之手写我之口。

这几句话说他的诗，都很确当。但他在"以古文家抑扬变化之法作古诗"的方面，成绩最大。我们且举《赤穗四十七义士歌》（有长序，当参读）的末节：

> 臣等事毕无所求，愿从先君地下游。……明年赐剑如杜邮，四十七士性命同日休。一时惊叹争歌讴。观者，拜者，吊者，贺者，万花绕冢，每日香烟浮！一裙，一履，一甲，一胄，一刀，一矛，一杖，一笠，一歌，一画，手泽珍宝如天球！自从天孙开国首重天琼铧，和魂一传千千秋。况复五百年来武门尚武国多贲育俦！到今赤穗义士某某某某四十七人一一名字留！内足光辉大八州，外亦声明五大洲。

此外如他的《降将军歌》《度辽将军歌》《聂将军歌》《逐客篇》《番客篇》……都是用作文章的法子来做的。这种诗的长处在于条理清楚，叙述分明。作诗与作文都应该从这一点下手：先做到一个"通"字，然后可希望做到一个"好"字。

古来的大家，没有一个不是这样的；古来决没有一首不通的好诗，也没有一首看不懂的好诗。金和与黄遵宪的诗的好处就在他们都是先求"通"，先求达意，先求懂得。

黄遵宪颇想用新思想和新材料——所谓"古人未有之物，未辟之境"——来作当日所谓新诗。他的《今别离》四篇，便是这一类。我且引他的《以莲菊桃杂供一瓶作歌》的末段来作例：

即今种花术益工，移枝接叶争天功。安知莲不变桃桃不变为菊？回黄转绿谁能穷？化工造物先造质，控搏众质亦多术，安知夺胎换骨无金丹，不使此莲此菊此桃万亿化身合为一？……六十四质亦么么，我身离合无不可。质有时坏神永存，安知我不变花花不变为我？千秋万岁魂有知，此花此我相追随！待到汝花将我供瓶时，还愿对花一读今我诗！

这种"新诗"，用旧风格写极浅近的新意思，可以代表当日的一个趋向；但平心说这种诗并不算得好诗。《今别离》在当时受大家的恭维；现在看来，实在平常的很，浅薄的很。

《人境庐诗草》中最好的诗，自然还要算《拜曾祖母李太夫人墓》一篇，此诗能实行他的"我手写我口，古岂能拘牵"的主张。内中一段云：

春秋多佳日，亲戚尽团聚。双手擎掌珠，百口百称誉。"我家七十人，诸子爱渠祖，诸妇爱渠娘，诸孙爱渠父。因裙便惜带，将缥难比素。老人性偏爱，不顾人笑侮。"邻里向我笑：老人爱不差。果然好相貌，艳艳如莲花。诸母背我骂,健犊行破车,上树不停脚,偷芋信手爬;昨日探鹊巢,一跌败两牙,嘌血喷满壁,盘礴画龙蛇。兄妹眤我言,向婆乞金钱,直倾紫荷囊,滚地金铃圆。爷娘附我耳,劝婆要加餐;金盘脍鲤鱼,果为儿下咽。伯叔牵我手,心知不相干,故故摩儿顶,要图老人欢。

儿年九岁时,阿爷报登科。见儿大父旁,一语三摩娑:"此儿生属猴,聪明较猴多。雏鸡比老鸡,异时知如何?我病又老耄,情知不坚牢。风吹儿不长,那见儿扶摇?待儿胜冠时,看儿能夺标;他年上我墓,相携着宫袍。前行张罗伞,后行鸣鼓箫;猪鸡与花果,一一分肩桃;爆竹响墓背,墓前纸钱烧。手捧紫泥封,云是夫人诰;子孙共罗拜,焚香向神告:'儿今幸胜贵,颇如母所料。'世言鬼无知,我定开口笑。"

这个时代之中,我只举了金和、黄遵宪两个诗人,因为这两个人都有点特别的个性,故与那一班模仿的诗人,雕琢的诗人,大不相同。这个时代之中,大多数的诗人都属于"宋诗运动"。宋诗的特别性质,不在用典,不在做拗句,乃在作诗如说话。北宋的大诗人还不能完全脱离杨亿一派的恶习气;黄庭坚一派虽然也有好诗,但他们喜欢掉书袋,往往有极恶劣的古典诗(如云"司马寒如灰,礼乐卯金刀")。南宋的大家——杨、陆、范,——方才完全脱离这种恶习气,方才贯彻这个"作诗如说话"的趋势。但后来所谓"江西诗派",不肯承接这个正当的趋势(范、陆、杨、尤都从江西诗派的曾几出来),却去模仿那变化未完成的黄庭坚,所以走错了路,跑不出来了。近代学宋诗的人,也都犯这个毛病。陈三立是近代宋诗的代表作者,但他的《散原精舍诗》里实在很少可以独立的诗。近代的作家之中，郑孝胥虽然也不脱模仿性，但他的魄力大些，故还不全是模仿。他曾有诗赠陈三立，中有"安能抹青红，搔头而弄姿？"之句。其实他自己有时还近这种境界，陈三立却做不到这个地步。郑孝胥作陈三立的诗集的序，曾说：

> 往有巨公与余谈诗，务以清切为主。于当世诗流，每有张茂先我所不解之喻。其说甚正。然余窃疑诗之为道，殆有未能以清切限之者。世事万变，纷扰于外；心绪百态，腾沸于内；宫商不调而不能已于声，吐属不巧而不能已于辞；若是者，吾固知其有乖于清也。思之来也无端，则断如复断，乱如复乱者，恶能使之尽合？兴之发也匪定，则倏忽无见，惝怳无闻者，恶能责以有说？若是者，吾固知其不期于切也。

他这篇序虽然表面上是替江西诗派辩护，其实是指出江西诗派的短处。他自己的诗并不实行这个"不清不切"的主张，故还可以读。他后来有答樊增祥的诗，自己取消这种议论：

> 尝序伯严（陈三立）诗，持论辟清切。自嫌误后生，流浪或失实。君诗妙易解，经史气四溢。诗中见其人，风趣乃隽绝。浅语莫非深，天壤在毫末。何须填难字，苦作酸生活？会心可忘言，即此意已达。

樊增祥的诗，比较的最聪明，最清切，可惜没有内容，也算不得大家。此外还有许多人，努力模仿古人，努力作诗匠。但他们志在"作古"，我们也不敢把他们委屈在这五十年之内了。

七

　　这五十年是中国古文学的结束时期。做这个大结束的人物，很不容易的。恰好有一个章炳麟，真可算是古文学很光荣的结局了。

　　章炳麟是清代学术史的压阵大将，但他又是一个文学家。他的《国故论衡》《检论》，都是古文学的上等作品。这五十年中著书的人没有一个像他那样精心结构的；不但这五十年，其实我们可以说这两千年中只有七八部精心结构，可以称做"著作"的书，——如《文心雕龙》《史通》《文史通义》等，——其余的只是结集，只是语录，只是稿本，但不是著作。章炳麟的《国故论衡》要算是这七八部之中的一部了。他的古文学工夫很深，他又是很富于思想与组织力的，故他的著作在内容与形式两方面都能"成一家言"。

　　章氏论文，很多精到的话。他的《文学总略》（《国故论衡》中）推翻古来一切狭陋的"文"论，说"文者，包络一切著于竹帛者而为言"。他承认文是起于应用的，是一种代言的工具，一切无句读的表谱簿录，和一切有句读的文辞，并无根本的区别。至于"有韵为文，无韵为笔"和"学说以启人思，文辞以增人感"的区别，更不能成立了。这种见解，初看去似不重要，其实很有关系。有许多人只为打不破这种种因袭的区别，故有"应用文"与"美文"的分别；有些人竟说"美文"可以不注重内容；有的人竟说"美文"自成一种高尚不可捉摸，不必求人解的东西，不受常识与论理的裁制！章炳鳞说：

> 文字本以代言，其用则有独至。凡无句读文，皆文字所专属者也，以是为主，故论文学者不得以兴会神旨为上。……知文辞始于表谱簿录，则修辞立诚，其首也。

又说：

> 不得以感人者为文辞，不感者为学说。……学说者，非一往不可感人。凡感于文言者，在其得我心。是故饮食移味，居处绲愉者，闻劳人之歌，心犹怛然。大愚不灵，无所愤悱者，睹眇论则以为恒言也。身有疾痛，闻幼眇之音，则感慨随之矣。心有疑滞，睹辨析之论，则悦怿随之矣。

他是能实行不分文辞与学说的人，故他讲学说理的文章都很有文学的价值。他并不反对桐城派的古文，他的《菿汉微言》有一段说：

> 问桐城义法何其隘邪？答曰，此在今日，亦为有用。何者？明末猥杂佻伛之文雾塞一世，方氏起而廓清之。自是以后，异喙已息，可以不言流派矣。乃至今日而明末之风复作，报章小说，人奉为宗。幸其流派未亡，相存纲纪，学者守此，不至堕入下流，故可取也。若谛言之，文足达意，远于鄙倍，可也。有物有则，雅驯近古，是亦足矣。派别安足论？（页六八）

但他自己论文，却主张回到魏晋。他说：

> 魏晋之文，大体皆卑于汉，独持论仿佛晚周。气体虽

异，要其守己有度，伐人有序，和理在中，孚尹旁达，可以为百世师矣。(《国故论衡》中，《论式》，页九四)

为什么呢？因为

老庄形名之学，逮魏复作，故共言不牵章句；单篇持论，亦优汉世。(页九二)

故他以为：

持诵《文选》，不如取《三国志》《晋书》《宋书》《弘明集》《通典》观之。纵不能上窥九流，犹胜于滑泽者。(页九三)

他又说：

夫雅而不核，近于诵数，汉人之短也。廉而不节，近于强钳；肆而不制，近于流荡；清而不根，近于草野；唐宋之过也。有其利而无其病者，莫若魏晋。(页九五)

又说：

效唐宋之持论者，利其齿牙。效汉之持论者，多其记诵。斯已给矣。效魏晋之持论者，上不徒守文，下不可御人以口，必先豫之以学。(同页)

"必先豫之以学"六个字，谈何容易？章炳麟的文章，所以能自成一家，也并非因为他模仿魏晋，只是因为他有学问做底子，有论理做骨格。《国故论衡》里文章，如《原儒》《原名》《明见》《原道》《明解故上》《语言缘起说》……皆有文学的意味，是古文学里上品的文章。《检论》里也有许多好文章；如《清儒》篇，真是近代难得的文章。

  但他究竟是一个复古的文家。他的复古主义虽能"言之成理"，究竟是一种反背时势的运动。他论文辞，知道文辞始于表谱簿录，是应用的；但他的文章应用的成绩比较最少。他对于同时的文人都有点薄鄙的意思（看《文录》二，《与邓实书》及《与人论文书》）。他自命"将取千年朽蠹之余，反之正则"。他于近代文人中，只承认"王闿运能尽雅"。有人问他如何能做到古雅的文章，他曾把王闿运做文章的法子来教人。什么法子呢？原来是先把意思写成平常的文章，然后把虚字尽量删去，自然古雅了！他又喜欢用古字来代替通行的字；他自己说：

  六书本义，废置已夙；经籍仍用，通借为多。舍借用真，兹为复始。（《检论》五，《正名杂义》，页二八）

他不知道荀卿"约定俗成谓之宜"的话乃是正名的要旨，故他这种"复始"的工夫虽然增加了古气古色，同时便减少了应用的程度。他自己著书，本来有句读，还可以帮助一般读者的了解。后来他的门人校刻他的全书，以为圈读不古，删去句读，就更难读了。他知道文辞以"存质"为本，他曾说："文益离质则表象益多，而病亦益笃"；他痛恨那班——

  庸妄宾僚，谬施涂堲，案一事也，不云"纤悉毕呈"，而云"水落石出"；排一难也，不云"祸胎可绝"，而云

"釜底抽薪"。表象既多,鄙倍斯甚!(《正名杂义》,页一四)

但他那篇《订文》(《正名杂义》乃《订文》的附录)中有句云:"后之林㷀,知孟晋者,必修述文字",用"孟晋"代求进步,还说得过去;"林㷀"二字,比他举出的"水落石出""釜底抽薪",更不通了。

总而言之,章炳麟的古文学是五十年来的第一作家,这是无可疑的。但他的成绩只够替古文学做一个很光荣的下场,仍旧不能救古文学的必死之症,仍旧不能做到那"取千年朽蠹之余,反之正则"的盛业。他的弟子也不少,但他的文章却没有传人。有一个黄侃学得他的一点形式,但没有他那"先豫之以学"的内容,故终究只成了一种假古董。章炳麟的文学,我们不能不说他及身而绝了。

章炳麟论韵文,也是一个极端的复古派。他说古今韵文的变迁,颇有历史的眼光。他说:

吟咏情性,古今所同,而声律调度异焉。魏文侯听今乐则不知倦,古乐则卧。故知数极而迁,虽才士弗能以为美。(《国故论衡》中,《辨诗》,页九九)

这是很不错的历史见解。根据于这个"数极而迁"的观念,他指出《三百篇》为四言诗的极盛时期;到了汉以下,"四言之势尽矣",故束晳等的四言诗都做不好,到了唐朝,"五言之势又尽,杜甫以下辟旋以入七言";到了"宋世,诗势已尽,故其吟咏情性,多在燕乐(词)"。他论近代的诗,也很不错。

> 今词又失其声律，而诗尨奇愈甚。考征之士，睹一器，说一事，则纪之五言，陈数首尾，比于马医歌括。及曾国藩自以为功，诵法江西诸家，矜其奇诡。天下鹜逐，古诗多诘屈不可诵，近体乃与杯珓谶辞相等。江湖之士艳而称之，以为至美。盖自《商颂》以来，歌诗失纪，未有如今日者也。

这种议论的自然结果应该是一种很激烈的文学革命了。谁知他下文一转便道：

> 物极则变，今宜取近体一切断之（自注：唐以后诗但以参考史事，存之可也。其语则不足诵），古诗断自简文以上，唐有陈（子昂）、张（九龄）、李（白）、杜（甫）之徒，稍稍删取其要，足以继风雅，尽正变矣。

这种极端的复古论和他的文学史观，实在是互相矛盾的。如果四言诗之势已尽于汉末而五言诗之势已尽于唐初，如果诗之势已尽于宋世，那就如他自己说的"虽才士弗能以为美"了，难道他们还能复兴于今日吗？那"数极而迁"的文学，难道还可以恢复吗？

但他不顾这个矛盾，还想恢复那"数极而迁，虽才士弗能以为美"的诗体。他的韵文（《文录》二，页八六以下）全是复古的文学。内中也有几首可读的，如《东夷诗》的第三四首：

> 客从海西来，上堂结罗袜，长跪著席上，对语忘时日。仰见玉衡移，握手言离别。下堂寻革鞮，革鞮忽已

> 失。回头问主人，主人甫惊绝。乞君一两靴，便向笼间掇。笼间何所有？四顾吐长舌。
>
> 甲第夫如何？绳蔑相钩带，虎落穿方空，空小门不大。按顶出门去，恣情逐岩濑。三步复五步，京市亦迢遰。时复得町畦，云中闻犬吠。策杖寻其声，耆献方高会。"陛下千万寿！世世从台隶！"

这种诗的剪裁力确是比黄遵宪的《番客篇》等诗高的多，又加上一种刻画的嘲讽意味，故创造的部分还可以勉强抵消那模仿的部分。此外如《艾如张》，如《董逃歌》，若没有那篇长序，便真是"与杯珓谶辞相等"了。最恶劣的假古董莫如他的《丹橘》与《上留田》诸篇。《丹橘》凡"七章，二章章四句，五章章八句"，我猜想了五年，近来方才敢猜这诗大概是为刘师培作的。我引第五六章作例：

> 天道无远，谅夫既丧。何以漱浣？其瘣其壮。越畹望之，度畦乡之。不见广陵，蓬莱障之。
>
> 樸之橐矣，不宿乾鹊。民之羍矣，如狙如獲。知我之好，匪伊朝夕。尔虽我刲，我心则怿。

这种诗使我们联想到《易林》，《易林》是汉朝的一种"杯珓谶辞"。其实一千几百年前的"杯珓谶辞"未必就远胜一千几百年后的"杯珓谶辞"。

章炳麟在文学上的成绩与失败，都给我们一个教训。他的成绩使我们知道古文学须有学问与论理做底子，他的失败使我们知道中国文学的改革须向前进，不可回头去，他的失败使我们知道文学"数极而迁，虽才士弗能以为美"，使我们知道那

"取千年朽蠹之余，反之正则"的盛业是永永不可能的了！

八

当日俄战争（1904—1905）以后，中国革命的运动一天一天的增加势力。同时的君主立宪运动也渐渐的成为一种正式的运动。这两党的主张时常发生冲突。《新民丛报》那时已变成君主立宪的机关了，故时时同革命的《民报》做很激烈的笔战。这种笔战在中国的政论文学史上很有一点良好的影响，因为从此以后梁启超早年提倡出来的那种"情感"的文章，永永不适用了。帖括式的条理不能不让位给法律家的论理了。笔锋的情感不能不让位给纸背的学理了。梁启超自己的文章也不能不变了；《国风》与《庸言》里的梁启超已不是《新民丛报》第一二年的梁启超了。自1905年到1915年（民国四年），这十年是政论文章的发达时期。这一个时代的代表作家是章士钊。章士钊曾著有一部中国文法书，又曾研究论理学；他的文章的长处在于文法谨严，论理完足。他从桐城派出来，又受了严复的影响不少；他又很崇拜他家太炎，大概也逃不了他的影响。他的文章有章炳麟的谨严与修饰，而没有他的古僻；条理可比梁启超，而没有他的堆砌。他的文章与严复最接近；但他自己能译西洋政论家法理学家的书，故不须模仿严复。严复还是用古文译书，章士钊就有点倾向"欧化"的古文了；但他的欧化，只在把古文变精密了；变繁复了；使古文能勉强直接译西洋书而不消用原意来重做古文；使古文能曲折达繁复的思想而不必用生吞活剥的外国文法。

章士钊的文章，散见各报；但他办《甲寅》时（1914—

1915）的文章，更有精彩了，故我们只引这个时代的文章来做例。他先著《学理上之联邦论》，中有云：

> 理有物理，有政理。物理者，绝对者也。而政理只为相对。物理者，通之古今而不惑，放之四海而皆准者也。政理则因时因地容有变迁，二者为境迥殊，不易并论。例如十乌于此，吾见九乌皆黑；余一乌也，而亦黑之，谓非黑则于物理有违，可也。若十国于此，吾见九国立君；余一国也，而亦君之，谓非立君则于政理有违，未可也。何也？立君之制，纵宜于九国，而未必即宜于此一国也。或曰，"自培根以来，学者无不采经验论"。此其所指似在物理，而持以侵入政理之域，愚殊未敢苟同。……科学之验，在夫发见真理之通象；政学之验，在夫改良政制之进程；故前者可以定当然于已然之中，后者甚且排已然而别创当然之例。不然，当十五六世纪时，君主专制之威披靡一世，据此以前，政例所存，罔不然焉；苟如论者所言，是十七世纪后之立宪政治不当萌芽矣。有是理乎？（《甲寅》，一，五）

他的意思要说"联邦之理，果其充满，初不恃例以为护符"。后来有人驳他，说他的方法是极端的演绎法。章士钊作论答他（《联邦论》，《答潘君力山》），中有一段云：

> 物理之称为绝对，究其极而言之，非能真绝对也。何也？无论何物，人盖不能举其全体现在方来之量之数，一一试验以尽，始定其理之无讹也。必待如是，不特其本身归纳之业直无时而可成，而外籀演绎之事，亦终古无从说

起。……是故范为定理，不得不有赖于"希卜梯西"（Hypothesis）焉。希卜梯西者，犹言假定也。凡物之已经试验，历人既多，为时亦久，而可信其理确为如是如是者，皆得设为假定。用此假定之理以为演绎，历入既多，为时亦久，而无例焉与之相反，则可谥以绝对称矣。故"绝对"云者，亦假定之未破者而已，非有他也。（《甲寅》，一，七）

第二次答复（《甲寅》，一，一九）又说：

若曰"吾国无联邦之事例，联邦之法理即为无根"，则吾所应谈之法理，而无其事例者，到处皆是矣；苟一切不谈，政治又以何道运行耶？况事例吾国无之，而他国固有，以他国所有者，推知吾国之亦可行，此科学之所以重比较，而法律亦莫逃其例者也。安得以本国之有无自限耶？大凡事例之成，苟其当焉，其法理必已前立；特其法理或位乎逻辑之境而人不即觉，事后始为之说明耳。今吾饱观政例，熟察利害，他人事后始有机会立为法理者，而吾得于事前穷其逻辑之境，尽量出之，恣吾览睹，方自幸之不遑，而又何疑焉？

罗家伦在他的《近代中国文学思想之变迁》一篇（《新潮》二，五）里，曾说章士钊的文章"可谓集'逻辑文学'的大成了"。他又说，"政论的文章，到那个时候，趋于最完备的境界。即以文体而论，则其论调既无'华夷文学'的自大心，又无'策士文学'的浮泛气；而且文字的组织上又无形中受了西洋文法的影响，所以格外觉得精密。"（页八七三）这个论断是很不错的。我上文引的几段,很可以说明这种"逻辑文学"的性质。

章士钊同时的政论家——黄远庸、张东荪、李大钊、李剑农、高一涵等,——都朝着这个趋向做去,大家不知不觉的造成一种修饰的,谨严的,逻辑的,有时不免掉书袋的政论文学。但是这种文章,在当日实在没有多大的效果。做的人非常卖气力;读的人也须十分用气力,方才读得懂。因此,这种文章的读者仍旧只限于极少数的人。当他们引戴雪,引白芝浩,引哈蒲浩,引蒲徕士,来讨论中国的政治法律的问题的时候,梁士诒、杨度、孙毓筠们早已把宪法踏在脚底下,把人民玩在手心里,把中华民国的国体完全变换过了!洪宪的帝制虽不长久,洪宪的余毒至今还在,而当日的许多政论机关都烟消云散了。民国五年(1916)以后,国中几乎没有一个政论机关,也没有一个政论家;连那些日报上的时评也都退到纸角上去了,或者竟完全取消了。这种政论文学的忽然消灭,我至今还说不出一个所以然来。但《甲寅》最后一期里有黄远庸写给章士钊的两封信,至少可以代表一个政论大家的最后忏悔。他说:

> 远本无术学,滥厕士流,虽自问生平并无表见,然即其奔随士夫之后,雷同而附和,所作种种政谈,今无一不为忏悔之材料。盖由见事未明,修省未到,轻谈大事,自命不凡;亡国罪人,亦不能不自居一分也。此后将努力求学,专求自立为人之道,如足下所谓存其在我者,即得为末等人,亦胜于今之一等脚色矣。
>
> 愚见以为居今论政,实下知从何处说起。《洪范》九畴亦只能明夷待访。……至根本救济,远意当从提倡新文学入手,综之,当使吾辈思潮如何能与现代思潮相接触,而促其猛省。而其要义须与一般之人,生出交涉。法须以

浅近文艺普遍四周。史家以文艺复兴为中世改革之根本，足下当能语其消息盈虚之理也。（《甲寅》一，一〇）

这封信，前半为忏悔，后半为觉悟。当日的政论家苦心苦口，确有很可佩服的地方。但他们的大缺点只在不能"与一般之人生出交涉"。这一句话不但可以批评他们的"白芝浩——戴雪——哈蒲浩——蒲徕士"的内容，也可以批评他们的精心结构的政论古文。黄远庸的聪明先已见到这一点了，所以他悬想将来的根本救济当从提倡新文学下手，要用浅近文艺普遍四周，要与一般的人生出交涉来。章士钊答书还不赞成这种话，他说："必其国政治差良，其度不在水平线下，而后有社会之事可言，文艺其一端也。"黄远庸那年到了美国，不幸彼人暗杀了，他的志愿毫无成就；但他这封信究竟可算是中国文学革命的预言。他若在时，他一定是新文学运动的一个同志，正如他同时的许多政论家之中的几个已做新文学运动的同志了。

九

以上七节说的是这五十年的中国古文学。古文学的共同缺点就是不能与一般的人生出交涉。大凡文学有两个主要分子：一是"要有我"，二是"要有人"。有我就是要表现著作人的性情见解，有人就是要与一般的人发生交涉。那无数的模仿派的古文学，既没有我，又没有人，故不值得提起。我们在这七节里提起的一些古文学代表，虽没有人，却还有点我，故还能在文学史上占一个地位。但他们究竟因为不能与一般的人生出交涉来，故仍旧是少数人的贵族文学，仍旧免不了"死文学"或

"半死文学"的评判。

现在我们要谈这五十年的"活文学"了。活文学自然要在白话作品里去找。这五十年的白话作品,差不多全是小说。直到近五年内,方才有他类的白话作品出现。我们先说五十年内白话小说,然后讨论近年的新文学。

这五十年内的白话小说出的真不在少数!为讨论的便利起见,我们可以把他们分作南北两组:北方的评话小说,南方的讽刺小说。北方的评话小说可以算是民间的文学,他的性质偏向为人的方面,能使无数平民听了不肯放下,看了不肯放下;但著书的人多半没有什么深刻的见解,也没有什么浓挚的经验。他们有口才,有技术,但没有学问。他们的小说,确能与一般的人生出交涉了,可惜没有我,所以只能成一种平民的消闲文学。《儿女英雄传》《七侠五义》《小五义》《续小五义》……等书,属于这一类。南方的讽刺小说便不同了。他们的著者都是文人,往往是有思想有经验的文人。他们的小说,在语言的方面,往往不如北方小说那样漂亮活动;这大概是因为南方人学用北部语言做书的困难。但思想见解的方面,南方的几部重要小说都含有讽刺的作用,都可以算是"社会问题的小说"。他们既能为人,又能有我。《官场现形记》《老残游记》《二十年目睹之怪现状》《恨海》《广陵潮》……都属于这一类。南方也有消闲的小说,如《九尾龟》等。

我们先说北方的评话小说。评话小说自宋以来,七八百年,没有断绝。有时民间的一种评话遇着了一个文学大家,加上了剪裁修饰,便一跳升做第一流的小说了(如《水浒传》)。但大多数的评话——如《杨家将》《薛家将》之类,——始终不曾脱离很幼稚的时代。明清两朝是小说最发达的时期,内中确有好几部第一流的文学。有了这些好小说做教师,做模范本,所以民间的评话也渐渐的成个样子了,渐渐的可读了。因此,这五十年的评话小说,可以代表评话小说进步最高的时期。当同治末年光绪初年之间,出了一部《儿女英雄传》评话。此书前有雍正十二年和乾隆五十九年的序,都是假托的。雍正年的序内提起《红楼梦》,不知《红楼梦》乃是乾隆中年的作品!故我们据光绪戊寅(1878)马从善的序,定为清宰相勒保之孙文康(字铁仙)做的。文康晚年穷困无聊,作此书消遣。序中说"昨来都门,知先生已归道山",可知文康死于同治光绪之际,故我们定此书为近五十年前的作品。《七侠五义》初名《三侠五义》,又名《忠烈侠义传》,今本有俞樾的序,说曾听见潘祖荫称赞此书,"虽近时新出而颇可观"。俞序作于光绪十五年(1889),故定为五十年中的作品。此书原著者为石玉昆,但今本已是俞樾改动的本子,原本已不可见了。石玉昆的事迹不可考,大概是当日的一个评话大家。又有《小五义》一部,刻于光绪十六年(1890);《续小五义》一部,刻于同年的冬间。此二书据说也都是石玉昆的原稿,从他的门徒处得来的。《续小五义》初刻本,尚有潘祖荫的小序,说他捐俸余三十金帮助刻版。这也可见当日的一种风气了。《续小五义》之后,近年来又出了无数的续集,此外还有许多"公案"派的评话,但价值更低,我们不谈了。

《儿女英雄传》的著者虽是一个八旗世家,做过道台,放过驻藏大臣,但他究竟是一个迂陋的学究,没有见解,没有学问。这部书可以代表那"儒教化了的"八旗世家的心理。儒家的礼教本是古代贵族的礼教,不配给平民试行的。满洲人入关以后,处处模仿中国文化,故宗室八旗的贵族居然承受了许多繁缛的礼节。我们读《红楼梦》,便可以看见贾府虽是淫乱腐败,但表面上的家庭礼仪却是非常严厉。一个贾政便是儒教的绝好产儿。《儿女英雄传》更迂腐了。书里的安氏父子、何玉凤、张金凤,都是迂气的结晶。何玉凤在能仁寺杀人救人的时节,忽然想起"男女授受不亲"的圣训来了!安老爷在家中捉到强盗的时候,忽然想起"伤人乎?不问马"的圣训来了!至于书中最得意的部分——安老爷劝何玉凤嫁人一段——更是迂不可当的纲常大义。我们可以说,《儿女英雄传》的思想见解是没有价值的。他的价值全在语言的漂亮俏皮,诙谐有味。旗人最会说话;前有《红楼梦》,后有此书,都是绝好的记录。《儿女英雄传》有意模仿评话的口气,插入许多"说书人打岔"的话,有时颇讨厌,但有时很多诙谐的意味。例如能仁寺的凶僧举刀要杀安公子时,忽然一个弹子飞来,他把身一蹲。

谁想他的身子蹲得快,那白光来得更快,噗的一声,一个铁弹子正着在左眼上。那东西进了眼睛,敢是不住要站,一直的奔了后脑勺子的脑瓜骨,咯噔的一声,这才站住了……肉人的眼珠子上要着上这等一件东西,大概比揉进一个沙子去利害。只疼得他哎哟一声,往后便倒。当啷啷,手里的刀子也扔了。

那时三儿在旁边,正呆呆的望着公子的胸脯子,要看这回刀尖出彩;只听咕咚一声,他师傅跌倒了,吓了一跳,说:"你老人家怎么?这准是使猛了劲,岔了气了;等我腾出手来扶起你老人家来啵?"才一转身,毛着腰,要把那铜镲子放在地下,好去搀他师傅,这个当儿,又是照前噗的一声,一个弹子从他左耳朵眼儿里打进去,打了个过膛儿,从右耳朵眼儿里钻出来,一直打到东边那个厅柱上,吧挞的一声,打了一寸来深,进去嵌在木头里边。那三儿只叫得一声"我的妈呀!"——镗——把个铜镲子扔了，——咕咭——也窝在那里了。那铜镟子里的水泼了一台阶子。那镟子啼啷花啷一阵乱响，便滚下台阶去了。

（第六回）

这种描写法，虽然不合事实，却很有诙谐趣味；这种诙谐趣味乃是北方评话小说的一种特别风味。

《七侠五义》也没有什么思想见地，他是学《水浒》的；但《水浒》对于强盗，对于官吏，都有一种大胆的见解；《七侠五义》也恨贪官，也恨强盗，——这是北方中国人的自然感想，——但只希望有清官出来用"御铡三刀"和"杏花雨"的苛刑来除掉那些赃官污吏；只希望有侠义的英雄出来，个个投在清官门下做四品护卫或五品护卫，帮着国家除暴安良。这是这些侠义小说和公案小说的公同见解。但《七侠五义》描写人物的技术却是不坏；虽比不上《水浒传》，却也很有点个性的描写。他写白玉堂的气小，蒋平的聪明，欧阳春的镇静，智化的精细，艾虎的活泼，都很有个性的区别。第三十二回至第三十四回写白玉堂结交颜眘敏一节，又痛快，又滑稽，是书中很精采的文字。书中有时也有很感慨的话，如第八十回写智化假装逃荒的，混入皇城作工的第一天：

按名点进，到了御河，大家按档儿做活。智爷拿了一把铁锹撮的比人多，掷的比人远，而且又快。傍边做活的道："王第二的，你这活计不是这么做。"智爷道："怎么？"傍边人道："俗语说的，'皇上家的工，慢慢儿的蹭'。你要这么做，还能吃的长吗？"智爷道："做的慢慢，他们给饭吃吗？"傍边人道："都是一样慢了，他能不给谁吃呢？"智爷道："既是这样，俺就慢慢的。"

这种好文章，可惜不多见；不然，《七侠五义》真成了第一流的小说了。

《小五义》与《续小五义》有许多不通的回目，中间又有许多不通的诗，大不如《七侠五义》。究竟这种幼稚的本子是石玉昆的原本呢？或者，那干净的《七侠五义》大体代表石玉昆的原本而《小五义》以下是假托的呢？那就不容易决定了。《小五义》以下精采甚少，只有一个徐良，写的还有趣。我们不举例了。

南方的讽刺小说都是学《儒林外史》的。《儒林外史》初刻于乾隆时，后来虽有翻刻本，但太平天国乱后，这部书的传本渐渐少了。乱平以后，苏州有活字本；《申报》的初年有铅字排本，附有金和的跋语，及天目山樵评语。自此以后，《儒林外史》的通行遂多了。但这部书是一种讽刺小说，颇带一点写实主义的技术，既没有神怪的话，又很少英雄儿女的话；况且书里的人物又都是"儒林"中人，谈什么"举业""选政"，都不是普通一般人能了解的，因此，第一流小说之中，《儒林外史》的流行最不广，但这部书在文人社会里的魔力可真不少！一来呢，这是一种创体，可以作批评社会的一种绝好工具。二来呢，《儒林外史》用的语言是长江流域的官话，最普通，最适用。三来呢，《儒林外史》没有布局，全是一段一段的短篇小品连缀起来的；拆开来，每段自成一篇；斗拢来，可长至无穷。这个体裁最容易学，又最方便。因此，这种一段一段没有总结构的小说体就成了近代讽刺小说的普通法式。

我们先说李伯元（常州人，事迹未详）的《官场现形记》。这部书先后共出了六十卷，全是无数不连贯的短篇纪事连缀起来的。全书的体例与方法，最近《儒林外史》。《儒林外史》骂的是儒生,《官场现形记》骂的是官场;《儒林外史》里还有几个好人,《官场现形记》里简直没有一个好官。著者自己说,他那部书是一部做官教科书:

> 前半部是专门指摘他们做官的坏处,好叫他们读了知过必改。后半部方是教导他们做官的法子。如今把这后半部烧了,只剩得前半部;光有这前半部,不像本教科书,倒像部《封神榜》《西游记》,妖魔鬼怪一齐都有。(第六十卷)

其实当时官场的腐败已到了极点,这种材料遍地皆是,不过等到李伯元方才有这一部穷形尽相的大清国活动写真出现,替中国制度史留下无数绝好的材料。这部书的初集有光绪癸卯年(1903)茂苑惜秋生的序,痛论官的制度:

> 选举之法兴则登进之途杂,士废其读,农废其耕,工废其技,商废其业,皆注意于官之一字。盖官者有士农工商之利而无士农工商之劳也。天下爱之至深者,谋之必善;慕之至切者,求之必工。于是乎有脂韦滑稽者,有夤缘奔竞者,而官之流品已极紊乱。
>
> 限资之例,始于汉代。……开捐纳之先路,导输助之滥觞。所谓衣食足而知荣辱者,直是欺人之谈!……乃至行博弈之道,掷为孤注,操贩鬻之行,居为奇货。其情可想,其理可推矣。沿至于今,变本加厉;凶年饥馑,旱干水溢,皆得援救助之例,邀奖励之恩。而所谓官者乃日出而未有穷期,不至充塞宇宙不止!
>
> 官者,辅天子则不足,压百姓则有余。……有语其后

者，刑罚出之；有诮其旁者，拘系随之。……于是官之气愈张，官之焰愈烈。羊狠狼贪之技，他人所不忍出者，而官出之；蝇营狗苟之行，他人所不屑为者，而官为之。……国衰而官强，国贫而官富；孝弟忠信之旧，败于官之身；礼义廉耻之遗，坏于官之手，而官之所以为人诟病，为人轻衷者，盖非一朝一夕之故，其所由来者渐矣！

《官场现形记》的主意只是要人人感觉官是世间最可恶又最下贱的东西。如卷四写黄道台的门房戴升鼻子里哼的冷笑一声，说：

> 等着罢，我是早把铺盖卷好等着的了。想想做官的人也真是作孽。你瞧他升了官，一个样子；今儿参掉官，又是一个样子。不比我们当家人的，辞了东家，还有西家，一样吃他妈的饭：做官的可只有一个皇帝，逃不到哪里去的！

又如卷八陶子尧对着堂子里的娘姨说他的官运，他说：

> 我们做官的人，说不定今天在这里，明天就在那里，自己是不能作主的。

新嫂嫂说：

> 难末大人做官格身体，搭子"讨人身体"差勿多哉……堂子里格小姐……卖拨勒人家，或者是押帐，有仔管头，自家做勿动主，才叫做"讨人身体"格。耐笃做官

人,自家做勿动主,阿是一样格?

陶子尧道:

> 你这人真是瞎来来!我们的官是拿银子捐来的,又不是卖身,同你们堂子里一个买进一个卖出,真正天悬地隔。

不过这个区别实在很微细。卷十四写江山船上的一个妓女龙珠对周老爷说:

> 我十五岁上跟着我娘到过上海一荡,人家都叫我清倌人,我肚里好笑。我想我们的清倌人也同你们老爷们一样。……
> 去年八月里江山县钱太老爷在江头雇了我们的船,同了太太去上任。听说这钱太老爷在杭州等缺,等了二十几年,穷的了不得,连什么都当了,好容易才熬到去上任。他一共一个太太,两个少爷,九个小姐。大少爷已经三十多岁,还没有娶媳妇。从杭州动身的时候,一家门的行李不上五担,箱子都很轻的。到了今年八月里,预先写信叫我们的船上来接他回杭州。等到上船那一天,红皮衣箱一多就多了五十几只,别的还不算。上任的时候,太太戴的是镀金的簪子;等到走,连那小少爷的奶妈,一个个都是金耳坠子了!钱太老爷走的那一天,还有人送了他好几把万民伞。大家一齐说老爷是清官,不要钱,所以人家才肯送他这些东西。我肚皮里好笑,老爷不要钱,这些箱子是哪里来的呢?……瞒得过我吗?做官的人,得了钱,自己还要说是清官,同我们吃了这碗饭一定要说是清倌人,岂

不是一样的吗？

周老爷听了他的话，气的一句话也说不出，倒反朝着他笑；歇了半天，才说得一句"你比方的不错"。

李伯元除了《官场现形记》之外，还有一部《文明小史》，也是"《儒林外史》式"的讽刺小说。

吴沃尧，字趼人，是广东南海的佛山人，故自称"我佛山人"。当梁启超在日本创办《新小说》时，吴沃尧的《二十年目睹之怪现状》（以下省称《怪现状》）的第一部分就在《新小说》上发表。那个时候，——光绪癸卯甲辰（1903—1904）——大家已渐渐的承认小说的重要，故梁启超办了《新小说》杂志，商务印书馆也办了一个《绣像小说》杂志，不久又有《小说林》出现。文人创作小说也渐渐的多了。《怪现状》《文明小史》《老残游记》《孽海花》……都是这个时代出来的。《怪现状》也是一部讽刺小说，内容也是批评家庭社会的黑幕。但吴沃尧曾经受过西洋小说的影响，故不甘心做那没有结构的杂凑小说。他的小说都有点布局，都有点组织。这是他胜过同时一班作家之处。《怪现状》的体例还是散漫的，还含有无数短篇故事；但全书有个"我"做主人，用这个"我"的事迹做布局纲领，一切短篇故事都变成了"我"二十年中看见或听见的怪现状。即此一端，便与《官场现形记》《文明小史》不同了。

但《怪现状》还是《儒林外史》的产儿；有许多故事还是勉强穿插进去的。后来吴沃尧做小说的技术进步了，他的《恨海》与《九命奇冤》便都成了有结构有布局的新体小说。《恨海》写的是婚姻问题。一个广东的京官陈戟临有两个儿子：大的伯和，聘定同居张家的女儿棣华；小的仲蔼，聘定同居王家的女儿娟娟。后来拳匪之乱陈戟临一家被杀；伯和因护送张氏母女出京，中途冲散；仲蔼逃难出京。伯和在路上发了一笔横财，就狂嫖阔赌，吃上了鸦片烟，后来沦落做了叫化子。张家把他访着，领回家养活；伯和不肯戒烟，负气出门，仍病死在一个小烟馆里。棣华为他守了多少年，落得这个下场；伯和死后，棣华就出家做尼姑去了。仲蔼到南方，访寻王家，竟不知下落；他立志不娶，等候娟娟；后来在席上遇见娟娟，原来他已做了妓女了。这两层悲剧的下场，在中国小说里颇不易得。但此书叙事颇简单，描写也不很用气力，也不能算是全德的小说。

《九命奇冤》可算是中国近代的一部全德的小说。他用百余年前广东一件人命案做布局，始终写此一案，很有精采。书中也写迷信，也写官吏贪污，也写人情险诈；但这些东西都成了全书的有机部分，全不是勉强拉进来借题骂人的。讽刺小说的短处在于太露，太浅薄；专采骂人材料，不加组织，使人看多了觉得可厌。《九命奇冤》便完全脱去了恶套；他把讽刺的动机压下去，做了附属的材料；然而那些附属的讽刺的材料在那个大情节之中，能使看的人觉得格外真实，格外动人。例如《官场现形记》卷四卷五写藩台的兄弟三荷包代哥哥卖缺，写的何尝不好？但是看书的人看过于只像看了报纸的一段新闻一样，觉得好笑，并不觉得动人。《九命奇冤》第二十回写黄知县的太太和舅老爷收梁家的贿赂一节，一样是滑稽的写法，但在那八条人命的大案里，这种得贿买放的事便觉得格外动人，格外可恶。

《九命奇冤》受了西洋小说的影响，这是无可疑的。开卷第一回便写凌家强盗攻打梁家，放火杀人。这一段事本应该在第十六回里，著者却从第十六回直提到第一回去，使我们先看了这件烧杀八命的大案，然后从头叙述案子的前因后果，这种倒装的叙述，一定是西洋小说的影响。但这还是小节；最大的影响是在布局的谨严与统一。中国的小说是从"演义"出来的。演义往往用史事做间架，这一朝代的事"演"完了，他的平话也收场了。《三国》《东周》一类的书是最严格的演义。后来作法进步了，不肯受史事的严格限制，故有杜撰的演义出现。《水浒》便是一例。但这一类的小说，也还是没有布局的；可以插入一段打大名府，也可以插入一段打青州；可以添一段破界牌关，也可以添一段破诛仙阵；可以添一段捉花蝴蝶，也可以再添一段捉白菊花，……割去了，仍可成书；拉长了，可至无穷。这是演义体的结构上的缺乏。《儒林外史》虽开一种新体，但仍是没有结构的；从山东汶上县说到南京，从夏总甲说到丁言志；说到杜慎卿，已忘了娄公子；说到凤四老爹，已忘了张铁臂了。后来这一派的小说，也没有一部有结构布置的。所以这一千年的小说里，差不多都是没有布局的。内中比较出色的，如《金瓶梅》，如《红楼梦》，虽然拿一家的历史做布局，不致十分散漫，但结构仍旧是很松的；今年偷一个潘五儿，明年偷一个王六儿；这里开一个菊花诗社，那里开一个秋海棠诗社；今回老太太做生日，下回薛姑娘做生日，……翻来覆去，实在有点讨厌。《怪现状》想用《红楼梦》的间架来支配《官场现形记》的材料，故那个主人"我"跑来跑去，到南京就见着听着南京的许多故事，到上海便见着听着上海的许多故事，到广东便见着听着广东的许多故事。其实这都是很松的组织，很勉强的支配，很不自然的布局。《九命奇冤》便不同了。他用中国讽刺小说的技术来写家庭与官场，用中国北方强盗小说的技术来写强盗与强盗的军师，但他又用西洋侦探小说的布局来做一个总结构。繁文一概削尽，枝叶一齐扫光，只剩这一个大命案的起落因果做一个中心题目。有了这个统一的结构，又没有勉强的穿插，故看的人的兴趣自然能自始至终不致厌倦。故《九命奇冤》在技术一方面要算最完备的一部小说了。

和吴沃尧、李伯元同时的，还有一个刘鹗，字铁云，丹徒人，也是一个小说好手。刘鹗精通算学，研究治河的方法，曾任光绪戊子（1888）郑州的河工，又曾在山东巡抚张曜的幕府里，作了治河七策。后来山东巡抚福润保荐他"奇才"，以知府用。他住北京两年，上书请筑津镇铁路，不成；又为山西巡抚与英国人订约开采山西的矿。当时人都叫他做"汉奸"，因为他同外国人往来，能得他们的信用。后来拳匪之乱（1900）联军占据北京，京城居民缺乏粮食，很多饿死的；他就带了钱进京，想设法赈济；那俄国兵占住太仓，太仓多米而欧洲人不吃米；他同俄国人商量，用贱价把太仓的米都籴出来，用贱价粜给北京的居民，救了无数的人。后数年，有大臣参他"私售仓粟"，把他充军到新疆，后来他就死在新疆。二十多年前，河南彰德府附近发现了许多有古文字的龟甲兽骨，刘鹗是研究这种文字最早的一个人，曾印有《铁云藏龟》一书。（以上记刘鹗的事迹，全根据罗振玉的《五十日梦痕录》。我因为外间知道他的人很不多，故摘抄大概于此。）

刘鹗著的《老残游记》，与李伯元的《文明小史》同时在《绣像小说》上发表。这部书的主人老残，姓铁，名英，是他自己的托名。书中写的风景经历，也都带着自传的性质。书中的庄抚台即是张曜，玉贤即是毓贤；论治河的一段也与罗振玉作的传相符。书中写申子平在山中遇着黄龙子玙姑一段，荒诞可笑，钱玄同说他是"老新党头脑不甚清晰的见解"真是不错。书末把贾家冤死的十三人都从棺材里救活回来，也是无谓之至。但除了这两点之外，这部书确是一部很好的小说。他写玉贤的虐政，写刚弼的刚愎自用，都是很深刻的；大概他的官场经验深,故与李伯元、吴沃尧等全是靠传闻的,自然大不相同了。他写娼妓的问题,能指出这是一个生计的问题,不是一个道德的问题,这种眼光也就很可佩服了。他写史观察(上海施善昌)治河的结果,用极具体的写法,使人知道误信古书的大害(第十三回至十四回)。这是他生平一件最关心的事,故他写的这样真切。

但《老残游记》的最大长处在于描写的技术。第二回写王妞说大鼓书的一大段,读的人大概没有不爱的。我们引一小段作例:

> 王小玉……唱了几句书儿,声音初不甚响;……唱了十数句之后,渐渐的越唱越高;忽然拔了一个尖儿,像一线钢丝抛入天际,听的人不禁暗暗叫绝。那知他于那极高的地方,尚能回环转折;几啭之后,又高一层;接连有三四叠,节节高起。恍如由傲来峰西面攀登泰山的景象;初看傲来峰削壁千仞,以为上与天齐;及至翻到傲来峰,才见扇子崖更在傲来峰上;及至翻到扇子崖,又见南天门更在扇子崖上。愈翻愈险,愈险愈奇。那王小玉唱到极高的三四叠后,陡然一落,又极力骋其千回百折的精神,如一条飞蛇在黄山三十六峰半中腰里盘旋穿插,顷刻之间,周匝数遍。

这一段虽是很好,但还用了许多譬喻,算不得最高的描写工夫。第十二回写老残在齐河县看黄河里打冰一大段,写的更为出色。最好的是看打冰那天的晚上,老残到堤上闲步。

> 抬起头来,看那南面山上一条白光,映着月色,分外

好看。一层一层的山岭，却分辨不清；又有几片白云在那里面，所以分不出是云是山。及至定睛看去，方才看出哪是云哪是山来。虽然云是白的，山也是白的，云有亮光，山也有亮光；只为月在云上，云在月下，所以云的亮光从背后透过来；那山却不然，山的亮光由月光照到山上，被那山上的雪反射过来，所以光是两样。然只稍近的地方如此。那山望东去，越望越远，天也是白的，山也是白的，云也是白的，就分辨不出来了。

只有白话的文学里能产生这种绝妙的"白描"美文来。

以上略述这五十年的白话小说。民国成立时，南方的几位小说家都已死了，小说界忽然又寂寞起来。这时代的小说只有李涵秋的《广陵潮》还可读；但他的体裁仍旧是那没有结构的《儒林外史》式。至于民国五年出的"黑幕"小说，乃是这一类没有结构的讽刺小说的最下作品，更不值得讨论了。北京评话小说近年来也没有好作品比得《儿女英雄传》或《七侠五义》的。

现在我们要说这五六年的文学革命运动了。

十

中国的古文在二千年前已经成了一种死文字。所以汉武帝时丞相公孙弘奏称"诏书律令下者，……文章尔雅，训辞深厚，恩施甚美；小吏浅闻，不能究宣，无以明布谕下"。那时代的小吏已不能了解那文章尔雅的诏书律令了。但因为政治上的需要，政府不能不提倡这种已死的古文，所以他们想出一个法子来鼓励民间研究古文：凡能"通一艺以上"的，都有官做，"先用诵多者"。这个法子起于汉朝，后来逐渐修改，变成"科举"的制度。这个科举的制度延长了那已死的古文足足二千年的寿命。

但民间的白话文学是压不住的。这二千年之中，贵族的文学尽管得势，平民的文学也在那里不声不响的继续发展。汉魏六朝的"乐府"代表第一时期的白话文学。乐府的真美是遮不住的，所以唐代的诗也很多白话的，大概是受了乐府的影响。中唐的元稹、白居易更是白话诗人了。晚唐的诗人差不多全是白话或近于白话的了。中唐、晚唐的禅宗大师用白话讲学说法，白话散文因此成立。唐代的白话诗和禅宗的白话散文代表第二时期的白话文学。但诗句的长短有定，那一律五字或一律七字的句子究竟不适宜于白话；所以诗一变而为词。词句长短不齐，更近说话的自然了。五代的白话词，北宋柳永、欧阳修、黄庭坚的白话词，南宋辛弃疾一派的白话词，代表第三时期的白话文学。诗到唐末，有李商隐一派的妖孽诗出现，北宋杨亿等接着，造为"西昆体"。北宋的大诗人极力倾向解放的方面，但终不能完全脱离这种恶影响。所以江西诗派，一方面有很近白话的诗，一片面又有很坏的古典诗。直到南宋杨万里、陆游、范成大三家出来，白话诗方才又兴盛起来。这些白话诗人也属于这第三时期的白话文学。南宋晚年，诗有严羽的复古派，词有吴文英的古典派，都是背时的反动。然而北方受了契丹、女真、蒙古三大征服的影响，古文学的权威减少了，民间的文学渐渐起来。金、元时代的白话小曲——如《阳春白雪》和《太平乐府》两集选载的——和白话杂剧，代表这第四时期的白话文学。明朝的文学又是复古派战胜了；八股之外，诗词的散文都带着复古的色彩，戏剧也变成又长又酸的传奇了。但是白话小说可进步了。白话小说起于宋代，传至元代，还不曾脱离幼稚的时期。到了明朝，小说方才到了成人时期；《水浒传》《金瓶梅》

《西游记》都出在这个时代。明末的金人瑞竟公然宣言"天下之文章无出《水浒传》右者",清初的《水浒后传》,乾隆一代的《儒林外史》与《红楼梦》,都是很好的作品。直到这五十年中,小说的发展始终没有间断。明清五百多年的白话小说,代表第五时期的白话文学。

这五个时期的白话文学之中,最重要的是这五百年中的白话小说。这五百年之中,流行最广,势力最大,影响最深的书,并不是四书五经,也不是性理的语录,乃是那几部"言之无文行之最远"的《水浒》《三国》《西游》《红楼》。这些小说的流行便是白话的传播;多卖得一部小说,便添得一个白话教员。所以这几百年来,白话的知识与技术都传播的很远,超出平常所谓"官话疆域"之外。试看清朝末年南方作白话小说的人,如李伯元是常州人,吴沃尧是广东人,便可以想见白话传播之远了。但丁(Dante)、鲍高嘉(Boccacio)的文学,规定了意大利的国语;嘉叟(Chaucer)、卫克烈夫(Wycliff)的文学,规定了英吉利的国语;十四五世纪的法兰西文学,规定了法兰西的国语。中国国语的写定与传播两方面的大功臣,我们不能不公推这几部伟大的白话小说了。

中国的国语早已写定了,又早已传播的很远了,又早已产生了许多第一流的活文学了,——然而国语还不曾得全国的公认,国语的文学也还不曾得大家的公认:这是因为什么缘故呢?这里面有两个大原因:一是科举没有废止,一是没有一种有意的国语主张。

科举一日不废,古文的尊严一日不倒。在科举制度之下,居然能有那无数的白话作品出现,功名富贵的引诱居然买不动施耐庵、曹雪芹、吴敬梓,政府的权威居然压不住《水浒》《西游》《红楼》的产生与流传:这已经是中国文学史上最侥幸又最光荣的事了。但科举的制度究竟能使一般文人钻在那墨卷古文堆里过日子，永远不知道时文古文之外还有什么活的文学。倘使科举制度至今还存在，白话文学的运动决不会有这样容易的胜利。

1904年以后，科举废止了，但是还没有人出来明明白白的主张白话文学。二十多年以来，有提倡白话报的，有提倡白话书的，有提倡官话字母的，有提倡简字字母的：这些人难道不能称为"有意的主张"吗？这些人可以说是"有意的主张白话"，但不可以说是"有意的主张白话文学"。他们的最大缺点是把社会分作两部分：一边是"他们"，一边是"我们"。一边是应该用白话的"他们"，一边是应该做古文古诗的"我们"。我们不妨仍旧吃肉，但他们下等社会不配吃肉，只好抛块骨头给他们吃去罢。这种态度是不行的。

1916年以来的文学革命运动，方才是有意的主张白话文学。这个运动有两个要点与那些白话报或字母的运动绝不相同。第一，这个运动没有"他们""我们"的区别。白话并不单是"开通民智"的工具，白话乃是创造中国文学的唯一工具。白话不是只配抛给狗吃的一块骨头，乃是我们全国人都该赏识的一件好宝贝。第二，这个运动老老实实的攻击古文的权威，认他做"死文学"。从前那些白话报的运动和字母的运动，虽然承认古文难懂，但他们总觉得"我们上等社会的人是不怕难的：吃得苦中苦，方为人上人"。这些"人上人"大发慈悲心，哀念小百姓无知无识，故降格做点通俗文章给他们看。但这些"人上人"自己仍旧应该努力模仿汉、魏、唐、宋的文章，这个文学革命便不同了；他们说，古文死了二千年了，他的不孝子孙瞒住大家，不肯替他发丧举哀；现在我们来替他正式发讣文，报告天下"古文死了！死了两千年了！你们爱举哀的，请举哀罢！

爱庆祝的，也请厌祝罢！"

这个"古文死了两千年"的讣文出去之后，起初大家还不相信；不久，就有人纷纷议论了；不久，就有人号咷痛哭了。那号咷痛哭的人，有些哭过一两场，也就止哀了；有些一头哭，一头痛骂那些发讣文的人，怪他们不应该做这种"大伤孝子之心"的恶事；有些从外国奔丧回来，虽然素同死者没有多大交情，但他们听见哭声，也忍不住跟着哭一场，听见骂声，也忍不住跟着骂一场。所以这种哭声骂声至今还不曾完全停止。但是这个死信是不能再瞒的了，倒不如爽爽快快说穿了，叫大家痛痛快快哭几天，不久他们就会"节哀尽礼"的；即使有几个"终身孺慕"的孝子，那究竟是极少数人，也顾不得了。

文学革命的主张，起初只是几个私人的讨论，到民国六年（1917）一月方才正式在杂志上发表。第一篇胡适的《文学改良刍议》还是很和平的讨论。胡适对于文学的态度，始终只是一个历史进化的态度。故他这一篇的要点是：

> 文学者，随时代而变迁者也。一时代有一时代之文学，……因时进化，不能自止。唐人不当作商周之诗，宋人不当作相如子云之赋，——即令作之，亦必不工。逆天背时，违进化之迹，故不能工也。……
>
> 以今世历史进化的眼光观之，则白话文学之为中国文学之正宗，又为将来文学必用之利器，可断言也。

后来他的《历史的文学观念论》说的更详细：

> 居今日而言文学改良，当注重"历史的文学观念"。一言以蔽之曰：一时代有一时代之文学。此时代与彼时代

之间，虽皆有承前启后之关系，而决不容完全抄袭；其完全抄袭者，决不成为真文学。愚惟深信此理，故以为古人已造古人之文学，今人当造今人之文学。……纵观古今文学变迁之趋势，……白话之文学，自宋以来，虽见屏于古文家，而终一线相承，至今不绝。……岂不以此为吾国文学趋势自然如此，故不可禁遏而日以昌大耶？……吾辈之攻古文家，正以其不明文学之趋势，而强欲作一千年二千年以上之文。此说不破，则白话之文学无有列为文学正宗之一日，而世之文人将犹鄙薄之，以为小道邪径而不肯以全力经营造作之。……夫不以全副精神造文学而望文学之发生，此犹不耕而求获，不食而求饱也，亦终不可得矣。施耐庵、曹雪芹诸人所以能有成者，正赖其有特别毅力，能以全力为之耳。

胡适自己常说他的历史癖太深，故不配作革命的事业。文学革命的进行，最重要的急先锋是他的朋友陈独秀。陈独秀接着《文学改良刍议》之后，发表了一篇《文学革命论》（六年二月），正式举起"文学革命"的旗子。他说：

余甘冒全国学究之敌，高张"文学革命军"大旗，以为吾友之声援。旗上大书吾革命军三大主义：
曰推倒雕琢的，阿谀的贵族文学；建设平易的，抒情的国民文学。
曰推倒陈腐的，铺张的古典文学；建设新鲜的，立诚的写实文学。
曰推倒迂晦的，艰涩的山林文学；建设明了的，通俗的社会文学。

陈独秀的特别性质是他的一往直前的定力。那时胡适远在美洲，曾有信给独秀说：

> 此事之是非，非一朝一夕所能定，亦非一二人所能定。甚愿国中人士能平心静气与吾辈同力研究此问题。讨论既熟，是非自明。吾辈已张革命之旗，虽不容退缩，然亦不敢以吾辈所主张为必是而不容他人之匡正也。（六年四月九日）

可见胡适当时承认文学革命还在讨论的时期。他那时正在用白话作诗词，想用实地试验来证明白话可以作韵文的利器，故自取集名为《尝试集》。他这种态度太和平了。若照他这个态度做去，文学革命至少还须经过十年的讨论与尝试。但陈独秀的勇气恰好补救这个太持重的缺点。独秀答书说：

> 鄙意容纳异议，自由讨论，固为学术发达之原则；独至改良中国文学当以白话为文学正宗之说，其是非甚明，必不容反对者有讨论之余地；必以吾辈所主张者为绝对之是而不容他人之匡正也。

这种态度，在当日颇引起一般人的反对。但当日若没有陈独秀"必不容反对者有讨论之余地"的精神，文学革命的运动决不能引起那样大的注意。反对即是注意的表示。

民国六年的《新青年》里有许多讨论文学的通信，内中钱玄同的讨论很多可以补正胡适的主张。民国七年一月，《新青年》重新出版，归北京大学教授陈独秀、钱玄同、沈尹默、李大钊、刘复、胡适六人轮流编辑。这一年的《新青年》（四卷五卷）完全用白话做文章。七年四月有胡适的《建设的文学革命论》，大旨说：

> 我的"建设新文学论"的唯一宗旨只有十个大字："国语的文学，文学的国语。"我们所提倡的文学革命只是要替中国创造一种国语的文学。有了国语的文学，方才可以有文学的国语。有了文学的国语。我们的国语方才算得真正国语。

这篇文章名为"建设的"，其实还是破坏的方面最有力。他说：

> 这二千年的文人所做的文学，都是死的，都是用已经死了的语言文字做的，死文字决不能产出活文学。……简单说来，自从《三百篇》到于今，中国的文学凡是有一些儿价值有一些儿生命的，都是白话的，或是近于白话的。……中国若想有活文学，必须用白话，必须用国语，必须做国语的文学。

这就是上文说的替古文发丧举哀了。在"建设的"方面，这篇文章也有一点贡献。他说：

> 若要造国语，先须造国语的文学。有了国语的文学，自然有国语。……真正有功效有势力的国语教科书便是国语的文学，便是国语的小说诗文戏本。国语的小说诗文戏本通行之日，便是中国国语成立之日。……中国将来的新文学用的白话，就是将来中国的标准国语。造将来白话文

学的人，就是制定标准国语文学的人。

这篇文章把从前胡适、陈独秀的种种主张都归纳到十个字，其实又只有"国语的文学"五个字。旗帜更明白了，进行也就更顺利了。

这一年的文学革命，在建设的方面，有两件事可记，第一，是白话诗的试验。胡适在美洲做的白话诗还不过是刷洗过的文言诗；这是因为他还不能抛弃那五言七言的格式，故不能尽量表现白话的长处。钱玄同指出这种缺点来，胡适方才放手去做那长短无定的白话诗。同时沈尹默、周作人、刘复等也加入白话诗的试验。这一年的作品虽不很好，但技术上的训练是很重要的。第二，是欧洲新文学的提倡。北欧的 Ibsen, Strindberg, Anderson；东欧的 Dos-tojevski, Kuprin, Tolstoi；新希腊的 Ephtaliotis；波兰的 Scinkiewicz：这一年之中，介绍了这些人的文学进来。在这一方面，周作人的成绩最好。他用的是直译的方法，严格的尽量保全原文的文法与口气。这种译法，近年来很有人仿效，是国语的欧化的一个起点。

民国七年冬天，陈独秀等又办了一个《每周评论》，也是白话的。同时北京大学的学生傅斯年、罗家伦、汪敬熙等出了一个白话的月刊，叫做《新潮》，英文名字叫做 The Renaissance，本义即是欧洲史上的"文艺复兴时代"。这时候，文学革命的运动已经鼓动了一部分少年人的想象力，故大学学生有这样的响应。《新潮》初出时，精采充足，确是一支有力的生力军。民国八年开幕时，除了《新青年》《新潮》《每周评论》之外，北京的《国民公报》也有好几篇响应的白话文章。从此以后，响应的渐渐的更多了。

但响应的多了，反对的也更猛烈了。大学内部的反对分子也出了一个《国故》，一个《国民》，都是拥护古文学的。校外的反对党竟想利用安福部的武人政客来压制这种新运动。八年二三月间，外间谣言四起，有的说教育部出来干涉了，有的说陈、胡、钱等已被驱逐出京了。这种谣言虽大半不确，但很可以代表反对党心理上的愿望。当时古文家林纾在《新申报》上做了好几篇小说痛骂北京大学的人。内中有一篇《妖梦》，用元绪影北大校长蔡元培，陈恒影陈独秀，胡亥影胡适；那篇小说太龌龊了，我们不愿意引他。还有一篇《荆生》，写田其美（陈）、金心异（钱）、狄莫（胡）三人聚谈于陶然亭，田生大骂孔子，狄生主张白话；忽然隔壁一个"伟丈夫"——

  趜足超过破壁，指三人曰："汝适何言？……尔乃敢以禽兽之言，乱吾清听！"田生尚欲抗辩，伟丈夫骈二指按其首，脑痛如被锥刺；更以足践狄莫，狄腰痛欲断。金生短视，丈夫取其眼镜掷之，则怕死如猬，泥首不已。丈夫笑曰："尔之发狂似李贽，直人间之怪物。今日吾当以香水沐吾手足，不应触尔背天反常禽兽之躯干。尔可鼠窜下山，勿污吾简。……留尔以俟鬼诛。"

这种话很可以把当时的卫道先生们的心理和盘托出。这篇小说的末尾有林纾的附论，说：

  如此混浊世界，亦但有田生、狄生足以自豪耳！安有荆生？

这话说的很可怜。当日古文家很盼望有人出来作荆生，但荆生究竟不可多得。他们又想运动安福部的国会出来弹劾教育总长和北京大学校长，后来也失败了。

八年三月间，林纾作书给蔡元培，攻击新文学的运动；蔡元培也作长书答他。这两书很可以代表当日"新旧之争"的两方面，故我们摘抄几节。林书说：

> 大学为全国师表，五常之所系属，近者谣诼纷集，我公必有所闻。……弟年垂七十；富贵功名，前三十年视若死灰；今笃老，尚抱守残缺，至死不易其操。前年梁任公倡马班革命之说，弟闻之失笑。任公非劣，何为作此媚世之言？马班之书，读者几人？将不革而自革，何劳任公费此神力？
>
> 若云死文字有碍生学术，则科学不用古文，古文亦无碍科学。英之迭更累斥希腊、拉丁、罗马之文为死物，而至今仍存者，迭更虽躬负盛名，固不能用私心以蔑古。矧吾国人尚有何人如迭更者耶？……
>
> 且天下惟有真学术，真道德，始足独树一帜，使人景从。若尽废古书，行用土语为文字，则都下引车卖浆之徒所操之语，按之皆有文法，……则凡京津之稗贩皆可用为教授矣。若《水浒》《红楼》皆白话之圣，并足为教科之书，不知《水浒》中辞吻多采岳珂之《金陀萃编》，《红楼》亦不止为一人手笔，作者均博极群书之人。总之，非读破万卷，不能为古文，亦并不能为白话。若化古子之言为白话，演说亦未尝不是。按《说文》"演，长流也"，亦有延之广之之义，法当以短演长，不能以古子之长演为白话之短。……（以下论"新道德"一节，从略。）
>
> 今全国父老以子弟托公，愿公留意，以守常为是。……此书上后，可不必示复；唯静盼好音，为国民端其趋

向。……林纾顿首。

蔡元培答书对于"尽废古书,行用土语为文字"一点,提出三个答案。但蔡书的最重要之点并不在驳论,——因为原书本不值得一驳,——乃在末段的宣言。他说:

> 至于弟在大学,则有两种主张:
> (一)对于学说,仿世界各大学通例,循思想自由原则,取兼容并包主义。……无论有何种学派,苟其言之成理,持之有故,尚不达自然淘汰之运命者,虽彼此相反,悉听其自由发展。
> (二)对于教员,以学诣为主;……其在校外之言动,悉听自由,本校从不过问,亦不能代负责任。

蔡元培自己也主张白话,他曾说:

> 我们中国文言同拉丁文一样,所以我们不能不改用白话。……虽现在白话的组织不完全,可是我们决不可错了这个趋势。(在北京高等师范国文部演说)

他又说:

> 我敢断定白话派一定占优胜。……将来应用文一定全用白话;但美术文或者有一部分仍用文言。(在北京女子高等师范演说)

林、蔡的辩论是八年三月中间的事。过了一个多月,巴黎和会的消息传来，中国的外交完全失败了。于是有"五四"的学生运动，有"六三"的事件，全国的大响应居然逼迫政府罢免了曹汝霖、陆宗舆、章宗祥三人。这时代，各地的学生团体里忽然发生了无数小报纸，形式略仿《每周评论》，内容全用白话。此外又出了许多白话的新杂志。有人估计，这一年（1919）之中，至少出了四百种白话报。内中如上海的《星期评论》，如《建设》，如《解放与改造》（现名《改造》），如《少年中国》，都有很好的贡献。一年以后，日报也渐渐的改了样子了。从前日报的附张往往记载戏子妓女的新闻，现在多改登白话的论文译著小说新诗了。北京的《晨报》副刊，上海《民国日报》的《觉悟》，《时事新报》的《学灯》，在这三年之中，可算是三个最重要的白话文的机关。时势所趋，就使那些政客军人办的报也不能不寻几个学生来包办一个白话的附张了。民国九年以后，国内几个持重的大杂志，如《东方杂志》《小说月报》……也都渐渐的白话化了。

民国八年的学生运动与新文学运动虽是两件事，但学生运动的影响能使白话的传播遍于全国，这是一大关系；况且"五四"运动以后，国内明白的人渐渐觉悟"思想革新"的重要，所以他们对于新潮流，或采取欢迎的态度，或采取研究的态度，或采取容忍的态度，渐渐的把从前那种仇视的态度减少了，文学革命的运动因此得自由发展，这也是一大关系。因此，民国八年以后，白话文的传播真有"一日千里"之势。白话诗的作者也渐渐的多起来了。民国九年，教育部颁布了一个部令，要国民学校一二年的国文，从九年秋季起，一律改用国语。又令：

凡照旧制编辑之国民学校国文教科书，其供第一第二两学年用者，一律作废；第三学年用书，准用至民国十年为止；第四学年用书，准用至民国十一年为止。

依这个次序，须到今年（1922），方才把国民学校的国文完全改成国语。但教育制度是上下连接的；牵动一发，便可摇动全身。第一二年改了国语，初级师范就不能不改了，高等小学也多跟着改了。初级师范改了，高等师范也就不能不改动了。中学校也有许多自愿采用国语文的。教育部这一次的举动虽是根据于民国八年全国教育会的决议，但内中很靠着国语研究会会员的力量。国语研究会是民国五年成立的，内中出力的会员多半是和教育部有关系的。国语文学的运动成熟以后，国语教科书的主张也没有多大阻力了，故国语研究会能于傅岳芬做教育次长代理部务的时代，使教育部做到这样重要的改革。

还有一件事，虽然与文学革命的运动没有多大的关系，却也是应该提及的。民国元年，教育部召集了一个读音统一会，讨论读音统一的问题。读音统一会议定了三十九个"注音字母"。这一副字母，本来不过用来注音，"以代反切之用"的。当初的宗旨，全在统一汉文的读音，并不曾想到白话上去，也不曾有多大的奢望。七年十一月，教育部把这副字母正式颁布了。八年四月，教育部重新颁布注音字母的新次序（吴敬恒定的）。八年九月，《国音字典》出版。这个时候，国语的运动已快成熟了，国语教育的需要已是公认的了；所以当日"代反切之用"的注音字母，到这时候就不知不觉的变成国语运动的一部分了，就变成中华民国的国语字母了。

民国九年十年（1920—1921），白话公然叫做国语了。反对的声浪虽然不曾完全消灭，但始终没有一种"持之有故，言之成理"的反对论。今年（1922）南京出了一种《学衡》杂志，登出几个留学生的反对论，也只能谩骂一场，说不出什么理由来。如梅光迪说的：

> 彼等非思想家，乃诡辩家也。……夫古文与八股何涉？而必并为一谈。吾国文学，汉魏六朝则骈体盛行，至唐宋则古文大昌，宋、元以来又有白话体之小说戏曲。彼等乃谓文学随时代而变迁，以为今人当兴文学革命，废文言而用白话。夫革命者，以新代旧，以此易彼之谓。若古文之递兴，乃文学体裁之增加。实非完全变迁，尤非革命也。诚如彼等所云，则古文之后，当无骈体；白话之后，当无古文。而何以唐、宋以来文学正宗与专门名家皆为作古文或骈体之人？此吾国文学史上事实，岂可否认以圆其私说者乎？……

这种议论真是无的放矢。正为古文之后还有那背时的骈文，白话已兴之后还有那背时的骈文古文，所以有革命的必要。若"古文之后无骈体，白话之后无古文"，那就用不着谁来提倡有意的革命了。又如胡先骕说的：

> 胡君（胡适）……以过去之文字为死文字，现在白话中所用之字为活文字；……而以希腊、拉丁文以比中国古文，以英、德、法文以比中国白话（比字上两个以字，皆依原文）。……以不相类之事，相提并论，以图眩世欺人而自圆其说，予诚无法以谅胡君之过矣。希腊、拉丁文之于英、德、法，外国文也。苟非国家完全为人所克服，人民完全与他人所同化（与字所字皆依原文），自无不用本国文字以作文学之理。至意大利之用塔斯干方言为（原作之）国语之故，亦由于罗马分崩已久，政治中心已有转

移,而塔斯干方言已占重要之位置,而有立为国语之必要也。希腊、拉丁文之于英、德、法文,恰如汉文与日本文之关系。今日人提倡以日本文作文学,其谁能指其非?胡君可谓废弃古文而用白话文,等于日人之废弃汉文而用日本文乎?吾知其不然也。

其实胡适的答案应该是"正是如此"。中国人用古文作文学,与四百年前欧洲人用拉丁文著书作文,与日本人做汉文,同是一样的错误,同是活人用死文字作文学。至于外国文与非外国文之说,并不成问题。瑞士人、比利时人、美国人,都可以说是用外国文字作本国的文学;但他们用的是活文字,故与用拉丁文不同,与日本人用汉文也不同。

《学衡》的议论,大概是反对文学革命的尾声了。我可以大胆说,文学革命已过了议论的时期,反对党已破产了。从此以后,完全是新文学的创造时期。

至于这五年以来白话文学的成绩,因为时间过近,我们还不便一一的下评判。但是我们从大势上看来,也可以指出几个要点:第一,白话诗可以算是上了成功的路了。诗体初解放时,工具还不伏手,技术还不精熟,故还免不了过渡时代的缺点。但最近两年的新诗,无论是有韵诗,是无韵诗,或是新兴的"短诗",都很有许多成熟的作品。我可以预料十年之内的中国诗界定有大放光明的一个时期。第二,短篇小说也渐渐的成立了。这一年多(1921以后)的《小说月报》已成了一个提倡"创作"的小说的重要机关,内中也曾有几篇很好的创作。但成绩最大的却是一位托名"鲁迅"的。他的短篇小说,从四年前的《狂人日记》到最近的《阿Q正传》,虽然不多,差不多没有不好的。第三,白话散文很进步了。长篇议论文的进步,那是显而易见的，可以不论。这几年来，散文方面最可注意的发展乃是周作人等提倡的"小品散文"。这一类的小品，用平淡的谈话，包藏着深刻的意味；有时很像笨拙，其实却是滑稽。这一类的作品的成功，就可彻底打破那"美文不能用白话"的迷信了。第四，戏剧与长篇小说的成绩最坏。戏剧还有人试做；长篇小说不但没有人做，几乎连译本都没有了！这也是很自然的现象。现在试作新文学的人，或是等着稿费买米下锅，或是天天和粉笔黑板做朋友；他们的时间只够做几件零碎的小作品，如诗，如短篇小说。他们的时间不许他们做长篇的创作。这是一个原因。况且我们近来觉悟从前那种没有结构没有组织的小说体——或是《儒林外史》式，或是《水浒》式，——已不能使人满意了，所以不知不觉的格外慎重起来。这个慎重的现象，是暂时的，也许是很好的。平心而论，与其多出几集无穷无尽的《官场现形记》一类的小说，倒不如现在这样完全缺货的好了。

以上略述文学革命的历史和新文学的大概。至于详细的举例和详细的评判，我们只好等到《申报》六十周年纪念时再补罢。

十一，二，二

（收入1923年2月《申报》五十周年纪念刊《最近之五十年》，1924年3月《申报》出版此文之单行本）

附录：日本译《中国五十年来之文学》序

这部书是为上海《申报》五十周年纪念册作的。我的目的只是要记载这五十年新旧文学过渡时期的短历史，以备一个时代的掌故，算不得什么著作。桥川先生竟把他译成日本文了，实在使我很惭愧。我只好借这个机会，指出一两处应补充之点。

第一，这五十年的词，虽然没有很高明的作品，然而王鹏运（临桂人）、朱祖谋（湖州人）一班人提倡词学，翻刻宋、元词集，却是很有功的。王氏的《四印斋所刻词》，朱氏的《疆邨所刻词》，吴氏的《双照楼词》，都是极可宝贵的材料。从前清初词人所渴想而不易得见的词集，现在都成了通行本了。

第二，近人对于元人的曲子和戏曲，明清人的杂剧传奇，也都有相当的赏鉴与提倡。最大的成绩自然是王国维的《宋元戏曲史》和《曲录》等书。此外，如商务印书馆影印的《元曲选》，如日本京都大学文科印行的元椠杂剧三十种，如刘世珩的《暖红室汇刻传奇》，如董康刻的《盛明杂剧》，都可算是这几十年中的重要贡献。

第三，小说向来受文士的蔑视，但这几十年中也渐渐得着了相当的承认。古小说的发现，尤为这个时期的特色。《宣和遗事》的翻印，《五代史平话》残本的刻行，《唐三藏取经诗话》的来自日本，南宋《京本通俗小说》的印行，都可给文学史家许多材料。近年我们提倡用新式标点符号翻印古小说，如《水浒传》《红楼梦》之类，加上历史的考证，文学的批评，这也可算是这个时期一种小贡献。

以上不过是补充原本的遗漏，略表我对于译者的谢意和对于读者的歉意。

中华民国十二年三月七日，胡适序于北京